ホテル・カイザリン

Hotel Kaiserin Kondo Fumie

近藤史恵

光文社

ホテル・カイザリン

目次

装幀　高柳雅人
装画　佐久間真人

降霊会

早朝の天気は曖昧だ。

昨夜聞いた天気予報では、今日は晴天になると言っていた。だが、朝七時の段階では、まだ空はうっすらと曇っている。

別に晴れたからといっていいことはなにもない。雨でも学園祭は開催されるし、いくつかの屋外のイベントが、いろいろ煩雑になるというだけだ。ましてや、曇りならなんの支障もない。なのに、なぜか学園祭当日は晴れてほしい、などと考えてしまう。せっかく、実行委員になったのだから、思い出に残る学園祭にしたいではないか。

高校の学園祭は、留年でもしない限りはだれでも三回しかない。ぼくは今年二年だから、今日も含めてあと二回。大切な記憶として残しておくのなら、抜けるような青空がいい。

家でごたごたがあったため、学園祭当日までの一週間は登校できず、実行委員たちには迷惑をかけた。事情を話すと、みんな理解してくれたが、もっとも忙しい時期になにもできなかったことは事実だ。学園祭当日である三日間は、ほかの実行委員たちの三倍は働くつもりでいる。

もちろん、三倍というのは気分の問題で、本当に三倍働けるはずはない。ほかの実行委員たちもみんな張り切っている。

その証拠にまだ七時なのに、校庭に実行委員の姿がたくさん見える。

同じ二年の佐伯《さえき》が、ぼくに気づいて話しかけてきた。

「南田《みなみだ》、もういいのか？」

「ああ、大丈夫だよ。迷惑かけたね」

「いや、それはいいんだ。事情が事情だし……」

言葉を濁す彼に、笑顔を向ける。あまりこの話は続けたくはない。心の傷はまだぱっくりと開いていて、触れられるたびに痛む。

校舎に入ったぼくは、思わず足を止めた。

エントランスに、Ｂ３のポスターが貼ってある。

「降霊会、行います」

白い紙に、黒々とした墨文字で書かれている。催しの中に降霊会などがあるなんて知らなかった。いや、一週間前まではこんな告知はなかったはずだ。実行委員だけに、どんな催しが行われるかはちゃんと頭に入れてある。

どこのクラスが行うのだろう、とポスターをまじまじと見る。だが、クラス名は書いてない。代わりに、「責任者、宮迫砂美《みやさこすなみ》」と書いてある。ぼくは眉間にしわを寄せた。

「ああ、その企画、宮迫が考えたんだってさ。いつの間にか先生の許可も取って、会場に理科準備室も押さえてさ」

「理科準備室？」

「あんまり大勢でやるのも気分出ないから、こっそり少人数でやるんだってさ」

砂美ならそのくらいやっても不思議はない。

家が近所だから子供の頃からよく知っている。小学生の時から彼女は要領がよく、優等生で、先生のお気に入りだった。そしてそれは、高校生になった今も変わらない。中学は別々だったが、たぶんぼくの知らない三年間も同じだったのだろう。

「こんなオカルトな出し物、よく先生が許したな」

「ま、ペットの降霊会だしな」

「ペット?」

佐伯がポスターに書かれた文字を指さした。

「大切なペットを亡くした経験はありませんか? 犬、猫、ウサギ、ハムスターなどなんでもOKです。呼び出して、一緒にいたころを思い出してみませんか?」

ポスターの左下にはそう書かれていた。

「ペットの降霊会ってなんなんだよ。呼び出して、ワンワンワン!とか、ニャーニャーニャーとか言うの?」

ウサギはなんて鳴くのか聞いたことないし、第一、霊が降りても、本当に自分が飼っていた犬や猫かわかるのだろうか。

「俺に言っても知らねえよ。宮迫に聞けよ」

「やだよ。あいつ、苦手なんだよ」

顔を背けると、佐伯に肩をぶつけられた。

「尻に敷かれる関係はつらいねえ」

「だから、そんなんじゃねえって」

家が近所で、幼なじみというだけで、ぼくと砂美はつきあっているかのように扱われることが多い。砂美は外見だけ見ると、なかなかの美少女だし、それでいて気が強い。話しかけたくて、なかなかその勇気の出ない男子たちが、ぼくとカップル扱いにして囃《はや》し立てることで、ちょっかいを出した気になっているのだろう。

正直なところ、いくら顔が可愛《かわい》くても、砂美はごめんだ。ぼくのタイプじゃない。

上履きにはきかえて、廊下を歩く。

「まあ、宮迫のすることだからトラブルはないだろ」

佐伯はそんなことを言った。それにはぼくも同意する。砂美は、自分の評判を落とすようなことは絶対にしない。要領がいいので、陰でこっそりトラブルに関わっていることはあっても、自分が責任者となれば、何事もうまくこなすだろう。

だが、一方で嫌な予感もしていた。

砂美がオカルトに興味があるなんて、今まで一度も聞いたことがない。

女子は霊の話などが好きなものだが、どちらかというと砂美は、そういうのを鼻で笑いそうなタイプに見える。

つきあいで乗ることはあっても、自分で降霊会を開くなんて考えにくい。

「いつ頃、届け出があったんだ?」

「三日前だ。本当はとっくに締め切ってるはずなんだけど、うまく先生に話つけてきてさ。物販や食べ物を出すわけじゃないから、準備もそんなにいらないいし、ま、そんなトラブルも起きないだろう。心霊話好きの女子が集まるだけでさ」

佐伯はにやにや笑いながら言った。

「もしかして、すっげえ邪悪な霊を降ろしてしまって、大騒ぎになったりして」

ぼくは顔をしかめて言った。

「笑えないよ」

ぼくの身に起こったことを思い出したのだろう。佐伯は気まずそうな顔になった。


降霊会は、今日の午後からだった。

砂美がなにを企《たくら》んでいるのかはわからないが、少し様子を見に行った方がいいかもしれない。

砂美がいくら、しっかりしているからといっても急な企画だ。なにかアクシデントが起こらないとも限らない。

ぼくのクラスは、見学に行ったゴミ処理場のレポートをパネル展示するだけだから、期間中にすることはほとんどない。喘息《ぜんそく》持ちで運動部にも入っていないから、模擬店に駆り出されることもない。自由にほかのクラスやクラブの催しを見て回れる。

準備に手間取っている催しの手伝いをしたり、明日以降のスケジュールを確認しているうちに午前中は終わった。

「模擬店ででも、なんか食べてこいよ」

三年の先輩に言われて、ぼくは首を振った。まだ空腹感はないし、積極的になにか食べたいとも思わない。

それよりも、砂美のやる降霊会のことが気にかかる。

「ちょっと出てきていいですか？」

そう言って、実行委員たちから離れる。理科準備室は二階だった。

理科室の近辺は、なにも展示やイベントがない。どこかのクラスが、控え室や準備室に使っているらしいが、今は閑散としている。

準備室の前で迷っていると、ドアががらりと開いた。

出てきたのは、真っ黒なゴシックロリータファッションに身を包んだ、女の子だった。マスカラをたっぷり塗り重ねて、深い赤の口紅を塗っているから年齢ははっきりとわからないが、たぶん同い年くらいだ。

リボンとレースのたっぷりついた黒いワンピースに、編み上げの底の厚いブーツ。きついウエーブのかかった黒髪も、ヘッドドレスで飾られている。

この学校の子ではない、と思う。もちろん、メイクと服で女の子は変わるから、断言はできないが。

彼女はちらりとぼくを見ると、そのままぱたぱたと走っていった。開いたドアから、理科準備室の中が見えた。

縦長の狭い部屋の中、長方形のテーブルが運び込まれている。あまり人は入りそうもない。ポスターはあの一枚だけしか見なかった。イベントがイベントだけに、たくさん客を呼ぶ気はないようだ。

椅子にのって、窓に黒い紙を貼っていた砂美が振り返った。ぼくに気づいて眉間にしわを寄せる。

ぼくは準備室の中に入った。今は、砂美以外の生徒はいないようだった。

「さっきの子、だれ？」

「友達のエレナよ。霊感があるからきてもらったの」

ということは、彼女が霊を降ろすのだろうか。

黒い紙が貼られると、室内に差し込む光が遮られ、夜のような暗闇になる。ぼくは壁際のスイッチを入れて、電気をつけた。砂美はなにも言わなかった。

「ずいぶん、悪趣味な催しをするんだな」

「女子は霊とか、こっくりさんとかそういうのが好きなものよ」

砂美のその口調は、どう考えても本気で霊を信じている人間のものじゃない。ぼくは彼女を見上げた。

「信じてないだろ」

「信じてたら、怖くて降霊会なんかできないでしょ」

それももっともだ。でも、だとしたらなぜ、降霊会などを企画したのだろう。

砂美は椅子からぴょん、と飛び降りた。

「なによ。実行委員としてなにか言いにきたの？　先生にも実行委員長にも許可はもらってるわよ」

そう言われると、それ以上問い詰めることがない。

だが、いつの間にかぼくの腕には鳥肌が立っていた。なにかよくないことが起こる。この部屋で。

「そこ、立ってられると邪魔だから出てってくれる？」

ぼくはあきらめて、理科準備室を出た。

とたんにあることに気づいて息をのんだ。

砂美は、ぼくになにも言わなかった。ぼくが一週間も休んでいたことは同じクラスだから知らないはずはない。

振り返ると同時に、砂美が理科準備室の扉を閉めた。

ぼくは拳を握りしめた。放っておくわけにはいかない気がした。

このままにしておけば、きっと取り返しのつかないことになる。


降霊会が開催される時間に、もう一度理科準備室まで戻ってきた。

ドアののぞき窓にも黒い紙が貼られ、中は見えなくなっている。ドアの前にはうちの学校の女子が三人ほど集まっていた。彼女らは異質なものを見る目でぼくを見た。

ポスターには別に男子禁制とは書いていなかった。

ドアを開けて中をのぞくと、砂美の姿はない。少しほっとした。

隣のクラスの桐島《きりしま》が驚いた顔でぼくを見た。

「参加されますか？」

「ああ、いいかな」

「定員は全部で八名ですので、まだ空きがあります。どうぞ」

そう言われて通される。細長いテーブルには、さきほどのゴスロリ少女と、女子がひとり座っていた。椅子は残り六つあり、それぞれの席には、低いろうそくが立っている。

戸惑って立ったままでいると、後から私服の女の子がふたり入ってきた。私服ということは、よその高校の子に違いない。

彼女らは、先に立っていたぼくを気遣うようなそぶりを見せたが、ゴスロリ少女に促されて椅子に座る。

これで五名。ということは、ドアの前にいる女子が入ってくると、砂美の座る場所はないということになる。彼女は裏方なのだろうか。

男子はぼくひとりというのが気恥ずかしいが、放っておくのも怖かった。

さきほどの女子たちが入ってきて、空いている椅子に座る。桐島がぼくも椅子に座るように、手で合図した。

ひとつだけ空いた椅子に腰を下ろすと同時に、電灯が消された。暗闇の中、桐島が火のついたろうそくを持ち、それで、参加者の目の前にあるろうそくに火を灯《とも》していく。

真っ暗な中、下からの炎だけで映し出される参加者の顔は、ひどく不気味に見えた。

特に、エレナというゴスロリ少女の前に置かれたろうそくは、ほかのものよりも大きい。人形のような美しい顔立ちが、炎で揺れる。

桐島の声が響いた。地味な顔立ちの少女だが、声はよく通って澄んでいる。

「どなたか、自分の死んだペットを呼び出してほしいという方はいらっしゃいますか？」

向かいに座っている少女がおずおずと手を挙げた。校章の色からすると、一年生だ。

「あの……二ヶ月前、うちのちいちゃんが死んじゃったんです」

「ちいちゃんというのは？」

桐島に問われて、彼女はあわてて答えた。

「ウサギです。ちー太です。白くてふわふわして……すごくわたしに懐いてたんです」

思い出したのか、彼女はすでに半泣きだ。

「なぜ、死んだのですか？」

「夏、クーラーを消して出かけたら、熱中症で……」

エレナはすっと立ち上がって、隣の少女に言った。低い、厳《おごそ》かな声だった。

「その彼女と席を替わって」

その一年生が彼女の隣に座る。

「隣の人と手をつないでください」

エレナがそう言って、両隣の少女たちと手をつなぐ。

ぼくの右隣の女の子は少し迷ってから、ぼくの手を握った。仕方がない。別に女の子と手をつなぎたいわけではないが、左隣の私服の少女とも手をつなぐ。

エレナは小さな声でなにか呪文のようなものをつぶやきはじめた。

炎が大きくなったり小さくなったりするたびに、ぼくらの影も大きく揺れた。異様な雰囲気が高まっていく。

エレナの唇が半開きになった。

「ゆのかちゃん？」

隣の一年生がはじかれたように顔を上げた。

「ゆのかちゃん、ぼくだよ。ちいだよ……」

「ちいちゃん！」

エレナは喋《しゃべ》り続けた。さきほどの低い声とはまったく違う、可愛らしい声だった。

「ゆのかちゃん、可愛がってくれてありがとう。本当はもっと、ゆのかちゃんと一緒にいたかったよ……死にたくなかったよ……」

一年生――ゆのかというのだろう――は、涙をぽろぽろこぼしながら頷《うなず》いた。

「ごめんね、ごめんね。ちいちゃん」

「でも、ぼくは大丈夫だよ。今広い野原で、友達のウサギと一緒に走ってるんだ。とても幸せだよ」

馬鹿馬鹿しい。

ぼくは心の中でためいきをついた。茶番だろうと予想はしていたが、想像以上にひどい。エレナが語ることばは、使い古されたものだけだし、霊を呼び出さなければわからないことなどなにもなかった。

ちー太という名前からオスだということはわかる。彼女の名前くらいはもともと知っていたのかもしれないし、ここにいるだれかが教えることもできる。

なにより、ウサギに「死」という概念などわかるはずはないのだ。熱中症で死んだのなら、暑くて苦しかったということはわかるだろうが、「死にたくない」などとウサギが考えるはずはない。

エレナは、がくっと首を折るとしばらく動かなくなった。桐島が言う。

「落ち着いてください。大丈夫です」

桐島が小さな香水瓶に入れたなにかをエレナに嗅がせると、エレナはゆっくりと顔を上げた。

「今、帰りました」

無表情のまま、低い声で言う。ゆのかは、目に涙をいっぱい浮かべて勢いよく頭を下げた。

「ありがとうございます！」

エレナの演技力だけは褒めてやってもいいが、ただそれだけだ。

次に手を挙げたのは、ぼくの左隣にいた私服の少女だった。髪が短く、中性的な顔立ちだ。

「うちのラブラドール・レトリバーを呼び出してもらえませんか。名前はガンバです。一ヶ月前、急に死んでしまったんです。原因がわからなくて……」

ぼくは心の中で舌打ちをした。できるだけ情報は与えない方が、エレナが本物かどうかよくわかる。犬だというだけで、レトリバーだの、名前だの言う必要はない。ガンバという名前はたぶんオスだ。

また席替えが行われ、ゆのかがぼくの隣にきた。エレナは私服の少女の手を握った。繰り返される同じ呪文、とりあえず隣の女の子の手を握りながら、ぼくの気分はすっかり冷めていた。

別の学校の子の名前を当てられればすごいが、彼女がサクラという可能性もある。それだけでエレナに霊的な力があると決まったわけでもない。

エレナはゆっくりと顔を上げた。

「お姉ちゃん、ぼく、頑張ったよ」

お姉ちゃん、ときたか。まわりに気づかれないようにぼくは唇をゆがめた。

「ガンバ？　ガンバなの？」

「うん、ぼくだよ。苦しかったんだけど、頑張ったんだよ」

「ガンバ……」

私服の少女だけではなく、まわりの女子たちもうっすら涙を浮かべている。あきれながらそれを観察した。

エレナはかすかな笑みを浮かべながら言った。

「ぼくね、本当は嫌だったんだ。たっくんがくれるおくすり」

「え？」

私服の少女の顔が凍り付く。たっくんという名前に覚えのある顔だった。

「たっくんが……どうしたの？」

「たっくんがね、いつもぼくにおくすりをくれるんだ。無理矢理口に入れて、飲み込ませるんだ。自分が飲むのが嫌なんだって。でもぼくも嫌だよ。すごく、変な匂いがするんだ」

少女が息をのむのがわかった。

「たっくんが……、たっくんが？」

「本当はね、すごく嫌だったんだ。でも、飲むとたっくんが笑って褒めてくれるんだ。『えらいぞ、ガンバ』って。だから、ぼく頑張ったよ」

「嘘《うそ》……」

少女は信じられない、と言った顔で、口に手を当てた。

握られていた手が離れた瞬間、エレナはまるでくずれるように、床に倒れ込んだ。桐島が駆け寄る。

「エレナ！　しっかりして」

桐島が抱き起こすが、エレナは目を閉じたままだ。少女は口に手を当てたまま、おろおろとしている。

「ど、どうしよう、わたし……」

桐島はまた香水瓶の中身をエレナに嗅がせた。軽く頬を二、三度叩《たた》くと、やっとエレナが目を開けた。

「帰ったわ……急にだから少し衝撃があったけど……」

「大丈夫？」

桐島のことばにエレナは頷いた。起き上がって、スカートの汚れを払う。

「今の、どういうこと？　たっくんってだれ？」

「弟です……あの子がそんなことをしていたなんて……」

彼女はへたり込むように椅子に座って啜《すす》り泣いた。

「弟はてんかんの治療をしているんです。薬を飲まなきゃならないんだけど、それをすごく嫌がっていたんです。そういえば、ここ半年ほど素直に飲むようになったと思ってたのに……」

「ガンバに飲ませていたわけね」

「あの子、そういえば薬を飲むとそのままガンバのいる部屋に走っていきました。飲み込まずに口から出して、ガンバに飲ませてたんだわ」

エレナは額を押さえてためいきをついた。

「ラブラドール・レトリバーは大型犬だけど、人間の薬を毎日与えられていれば、身体《からだ》も弱っていくでしょうね」

「ガンバはラブラドールにしては小型で、二十五キロくらいしかありませんでした。弟は中学生だし、身体は大きい方で……」

少女は目を覆って泣き出した。

「弟は、ガンバが死んでから元気がなくなって、学校も行かなくなってしまったんです。そんなにショックだったのかと思ったんですけど、それがもし本当なら無理もないことだと思います。自分のせいで、ガンバが死んだんだもの」

まわりの女子たちも衝撃を受けたように、黙ってふたりを見守っている。

ぼくはひとり冷ややかな目で、この部屋で起こったことを見つめていた。

茶番だ。なにもかもが茶番だ。


この世でぼくがもっとも憎むものがあるとしたら、それは見せかけだけの正義感だ。


ぼくの今朝の決意は、すでにぐだぐだになってしまった。

気分がすぐれないのだ、と先輩に話すと、仕事は終えて帰ってかまわないと言ってくれた。もともと、学園祭期間は自由登校だ。学校にいなければならない決まりはないし、実行委員会の中でも、ぼくがいなくても大丈夫なように仕事の割り振りは終わっている。

ぼくは校門を出ると、素早くブレザーを脱いで裏返しに畳んだ。リュックの中にしまい、授業中だけかけている眼鏡を取り出す。

裸眼の視力は〇・五くらいだから、日常生活を送るのには眼鏡は必要ない。ただ、席が後ろになってしまうと黒板の文字はさすがに見えない。眼鏡は常に持ち歩いていた。シャツの裾をズボンから出して、少しズボンをずらして腰で穿《は》く。これで、印象はずいぶん変わったはずだ。

しばらく待っていると、あのショートカットの中性的な女の子が友達と出てきた。あんな衝撃的な出来事があった後なのに、にこやかに談笑しながら歩いている。ぼくは舌打ちしたいのを堪《こら》えて、離れた距離から彼女を追った。

駅まで歩き、電車に乗る。こういうとき、ＩＣカードは便利だと思いながら、ぼくは彼女と同じ車両に乗った。

昔の推理小説が好きでよく読むが、昔の探偵は、尾行のとき、切符をどこまで買えばいいのかよく悩んでいた。ＩＣカードがあれば、そんな心配をすることもない。

そういえば、公衆電話を探して走り回る小説もあったな、などと考える。今は探偵は携帯電話を持っているだろうし、電池が切れてもコンビニで充電器は買える。携帯電話とスマートフォンを両方持っている人も少なくないと聞く。

先に、彼女の連れが電車を降りた。対象者がひとりになると、尾行に感づかれやすくなると聞く。ぼくは、あまり彼女を見ないようにした。

彼女は携帯電話で、メールを打っている。考え込んだり、悩んだりしている様子はまったくない。

この先、尾行する必要などない気がするが、やはりここまできたからには確かめたい。

彼女はある駅に到着すると電車を降りた。急いでぼくも後に続き、距離をキープしながら彼女を追った。

駅前にあった商店街はすぐに途絶え、彼女は住宅街の中へと入っていった。

繁華街ならば、遊びに行くという可能性もあるが、この様子ではまっすぐ家に帰るようだ。

やがて、彼女は自分の家らしき建物に入っていった。

ぼくは深く息を吐いた。見つからなかったことと、そして自分の予想が当たっていたことに安堵《あんど》する。

彼女の家は、古い団地の中にあった。


学校に戻ったときには、すでにその日の学園祭は終わっていた。

もちろん、明日も明後日《あさって》も続くが、今日しかないイベントもある。盛り上がりの余韻を漂わせて、帰っていく人の間を逆行して校舎に戻った。

不思議そうにこちらを見る生徒もいたが、声まではかけてこない。忘れ物でもしたと思われているに違いない。

ぼくはそのまま階段を駆け上がり、理科準備室に向かった。

準備室には砂美がひとりでいた。窓から剝がした黒い紙を畳んでゴミ袋にまとめている。

さきほどまでの禍々《まがまが》しい空気は、もう理科準備室には残っていなかった。テーブルさえも片付けて、今まで通りの姿に戻っている。

砂美はぼくを見ても、驚きはしなかった。ぼくが戻ってくることを確信していたのだろう。

「ずいぶん悪趣味だな」

そう言うと、砂美は肩をすくめた。

「それ、昼間も言ってたわ」

だが、昼間とはまったく違う意味だ。あのときは、砂美がこんなことを考えているなんて気づかなかった。

「さっき、きみと同じ中学だった奴《やつ》に、卒業アルバムを見せてもらってきたよ。あの、ショートカットの女の子もいたし、エレナもいた」

「そうよ。知り合いじゃないなんて一言も言ってないわよ」

エレナを探すのには骨が折れた、卒業写真に写っていた長沢絵玲奈《ながさわえれな》は、目と唇の小さな地味な顔をした女の子だった。メイクを落とした状態で、もう一度会っても、絶対にわからない。

「先生が『降霊会』なんて悪趣味な催しに、難色も示さずに許可を出したのが不思議だったんだが、やっとわかったよ」

ぼくは大きく息継ぎをして話し続けた。

「あれは演劇だったんだな。『降霊会』というタイトルの」

指摘しても砂美の顔色は変わらなかった。ただ、軽く肩をすくめただけだ。

「脚本と演出はきみで、そして観客はぼく。違うかい」

あの場にいた全員が役者だった。あの演劇はぼく、ただひとりに見せるために行われたのだ。

「そうよ。もし、あなたが興味を示さなかったら佐伯くんが、実行委員会として見に行くようにそそのかすはずだったの」

ぼくは唇を噛《か》んだ。佐伯まで一枚噛んでいたとは。

「でも、佐伯くんの仕事は、そこだけよ。彼はわたしがなぜ、こんなことを考えたのか知らない。演劇の内容もね。わたしが南田くんに告白するために、こんなめんどくさいことを考えたと勘違いしたみたいで、快く引き受けてくれたわ」

あのお調子者が、と心で毒づく。だが、彼がなにも知らないと聞いて、ほっとしたのも事実だ。

「笹目麻紀《ささめまき》の家も見に行ったよ。古い団地だった。あそこでラブラドール・レトリバーを飼うのは難しいだろうな」

ぼくが、この「降霊会」がすべて芝居であることを確信したのは、あの瞬間だった。

ぼくは砂美に向かって、一歩足を踏み出した。

「聞こうか。どうして、こんなことを企んだのか」

「もうわかってるんじゃないの？」

「いいや、わからないね」

砂美は白々しい、とでも言いたげに鼻を鳴らした。

「いいわ。言わなきゃわからないなら、言ってあげる。あなたが春香《はるか》ちゃんを殺したから」

夕日が部屋の中に差し込む。

カーテンも机も壁も燃やすほどに赤く。砂美の白い顔も真っ赤に染まる。整ってはいるが、その顔立ちにはわずかな媚びもない。

きれいだと思う一方、頬を張り倒してやりたいとも思う。

春香。年の離れたぼくの妹。まだ十一歳で、そして永久に十一歳のまま時間を止めた。一週間前に。

春香の葬儀を終えてから、両親たちは泣き暮らしている。

ぼくはわからない。春香の死が、悲しいのかそうではないのか。

悲しいような気もするし、彼女の愛らしい笑顔を思い出してみても、なんの感情も生まれないときもある。

もともと、ぼくはそういう人間なのだ。愛情や感傷に心を動かされることがない。たぶん、人として大事なものが欠けているのだろう。

ぼくは砂美の言ったことばを繰り返した。

「きみは、ぼくが春香を殺したと思っているわけだよね。でも、どうやって？」

砂美はきっと、ぼくをにらんだ。

「春香ちゃんに聞いたからよ」

そう言えば、春香はとても砂美に懐いていた。砂美も、今ぼくに向けているような冷たい顔ではなく、笑顔で春香に接していた。

「春香ちゃんが言ってたの。お兄ちゃんのことは、みんな冷たいって言うけど、本当はすごく優しいのって。春香に、足が速くなるおくすりをいつもくれるのって」

ぼくは今度こそ、はっきりと舌打ちをした。

あんなに、ほかのだれにも話してはいけないと言ったのに、春香は結局喋ってしまった。しかも、いちばん話してはいけない人に。

「嫌な予感がしたわ。だから春香ちゃんに言ったの。お願い、一度そのおくすりを見せてって。足が速くなる薬なんてあるはずはない。春香ちゃんが、かけっこが遅いのをいつも悩んでいたことは知ってるわ」

そう、春香は小さいころから走るのが遅かった。幼稚園や小学校の運動会ではいつもビリで、べそを掻《か》いていた。

七夕の短冊に「かけっこが速くなりますように」と書いていたのも見たことがある。

「春香ちゃんは、その薬を持ってきてくれたわ。さっそくネットで調べたの。そしてわかった。喘息の薬だったわ。それもひどく強い、ね」

ぼくは口を歪《ゆが》めて笑った。砂美は強い口調で言った。

「あなたの薬でしょう」

「そうだよ」

ぼくに与えられていた気管支喘息の薬は、ひどく強いものだった。それしか効かないのだ。

砂美と同じようにネットで調べて、ぼくはそれを知ったのだ。

副作用として、脳炎を起こす可能性すらある難しい薬で、ほかの薬に効果がないときにのみ、それを投与するべきだと書かれていた。ヨーロッパではすでにその薬は、喘息の治療に使われていないという記述もあった。

ほかの国では使われてないような薬を、どうして使わなければならないのか。ぼくはモルモットなのか。そう言って抵抗したけれど、主治医も両親も聞いてはくれなかった。当たり前のように、それを飲むことを強要された。

羽交い締めにされて、口をこじ開けられて飲まされた。主治医も「危険じゃない。副作用の起こる確率なんてほんのわずかだ」と言った。

だから、思ったのだ。

危険ではない薬なら、みんなが飲めばいいのだ、と。

春香に、「足が速くなる薬だ」と言って与えたら、疑いもせずに飲んだ。少し頭が弱いのかもしれないと思った。

ぼくが半分、春香が半分。それで公平だ。

ぼくの気管支喘息は、田舎にいるときはずいぶん楽になるのだ。だが、父も母も仕事を言い訳に引っ越しを考えてはくれない。春香が、私立のいい小学校に入ったことも、引っ越しできない理由のひとつだった。

ぼくが半分、春香が半分。

そうしたって、ぼくの喘息は別に悪化しなかった。やはり飲む必要がないか、それとも量を減らしてもいい薬なのだと考えて、ぼくは春香の量を増やし続けた。

春香はにこにこ笑って、いつもその薬を受け取った。顔をしかめてごっくんと飲んだ後、またにこにこと笑うのだ。

薬を飲んでいるという自信からか、彼女はよく走るようになり、結果的に走るのもほんの少し速くなった。だれも損をしていないはずだった。

ぼくは、壁にもたれて、砂美の顔を見た。

「で、それを知ってきみはどうしたんだい」

「決まってるわ。その薬を飲んじゃ駄目って、春香ちゃんに教えてあげたの。その薬はもしかしたら死んでしまうくらい、怖い薬なんだって。でも、春香ちゃん信じなかった」

ぼくは目を細めて尋ねた。

「それはいつ？」

「一週間前よ。もう少し早く教えてあげられたら……その翌日、春香ちゃんが急に病気で死んだって聞いて、すごくショックだったわ」

砂美は、ぼくをじっと見つめた。

「春香ちゃんが死んだのは、あなたが必要のない薬を飲ませ続けてたからよ！」

ぼくは笑った。

たとえそうでも、それはぼくに降りかかるべき危機だった。ぼくと春香はそのリスクを分け合っただけだ。

ぼくが半分、春香が半分。

そして、春香がそのリスクを受けた。そこにぼくの悪意はなにもない。神様が選んだだけだ。

そう話すと、砂美の顔色が変わった。

「あなたって……本当に人の心がないのね」

「そうかもしれないね。でも、それはぼくの責任じゃないと思わないかい？」

人の心はどこに落ちているのだろう。努力すれば手に入るのか。まじめに勉強すれば成績のようについてくるのか。ぼくにはわからない。

「ま、でもこれは、きみが正しかったとしての話だ」

そう言ったとき、はじめて砂美の顔に戸惑いが見えた。

たぶん、砂美は自分が正しいことになんの疑いも持っていない。優等生はこれだからいやになる。

「春香ちゃんは嘘をつくような子じゃないわ」

「そう、春香は嘘をつかない。ぼくが春香に、喘息の薬を飲ませたのは事実だ」

「じゃあ！」

「でもね、きみはひとつ間違ってる。たしかに、学校のみんなや近所の人たちには『春香は病死だ』と告げた。外聞が悪いし、詮索されるのは気持ちよくないからね。でも、違うんだ。春香は自殺したんだ。薬箱にあるすべての薬を飲み干してね」

たまたま運の悪いことに、母には睡眠障害があり、薬箱には睡眠剤が入っていた。母がときどき飲み忘れた分もたくさん。

砂美は、両手で口を押さえた。ぼくは宣告をするように話し続けた。

「ねえ、どう思う。春香はどうして自殺なんかしたのかな。たぶん、知りたくないことを知ってしまったからだよね」

「それは、あなたが！」

ぼくは苦笑した。善人たちはいつも、他人のせいにする。自分たちがなにも悪くないと信じるために。

「ぼくのやったことは、悪意に満ちていたけど、それで春香は死ななかった。少なくとも、今年の健康診断でも春香は健康だった。なんの病気もなかった。でも、きみの善意は、確実に春香の息の根を止めたんだ」

砂美は小さく口を開けた。悲鳴を上げるときと同じ形だ、とぼくは思う。

「どうする？　もう一度降霊会をするかい？　そして春香に直接、ぼくを罵ってもらうかい」

砂美は、もう一度悲鳴の形に口を開け、そして膝から崩れ落ちた。

金色の風

1

飛行機はスムーズに地上へと着陸した。

わたしは小さな窓に額を押しつけて、空を見上げた。つい、さっきまで自分が上空にいたなんて嘘《うそ》のようだ。深い灰色の厚ぼったい雲が、空を覆《おお》っている。

きてしまった、と思い、そう思ったこと自体にひどく戸惑《とまど》う。

フランス語と英語、それと日本語のアナウンスが交互に流れ、人々が立ち上がりはじめる。

どうせ急いだって、荷物がすぐ出てくるわけでもないだろう。そう思い、わたしは座ったまま人が減るのを待つことにした。

窓に小さな水滴がついていて、雨が降っていることに気づいた。雨の中を、スーツケースを引きずりながらホテルを探すのは大変そうだ。

父親と喧嘩《けんか》をして、母親を泣かせてまできたフランスだというのに、わたしの胸は少しも弾んでいない。むしろ、この空のように憂鬱《ゆううつ》だった。

自分は本当はこんなところにきたくはなかったのかもしれない。ただ、日本にいることがいやになっただけで、フランス語を勉強したいというのも単なる口実だったのかもしれない。そう、本当に語学に興味があれば、日本ででも時間を作って勉強していたはずなのだ。わたしの興味なんてその程度のものだ。

それでも、逃げ出すのにはそれなりの理由がある。

前方の座席の人たちが降りたのか、通路の人々が動き始める。わたしもショルダーバッグを肩にかけて、席から立ち上がった。

人の流れに沿って飛行機を降り、入国審査の列に並ぶ。審査官はやる気のなさそうな黒人で、パスポートを機械でスキャンしただけで、なにも聞かずにわたしを通した。

ベルトコンベアで流れてきた荷物から、自分のピンクのスーツケースを探し出して下ろして、出口に向かう。

到着ロビーに出たときには、あれほどたくさんいた日本人はみんなどこかに行ってしまっていた。みんなツアー客で、バスでホテルに向かうのだろうか。

十二時間半のあいだ、飛行機に揺られた疲労はあるが、これからパリで生活していくことを考えれば、余分なお金は使えない。タクシーを使いたいのを我慢して、RERという列車でパリに向かうつもりだった。

空港から列車に乗るのなんてすぐだと思っていたのに、RERの駅はロビーからずいぶん遠かった。というよりも、むしろ、シャルル・ド・ゴール空港自体が大きすぎるのだ。わたしの降り立ったターミナルから、駅に辿《たど》り着くまではいくつもターミナルを移動しなければならないのだ。

スーツケースを引きずりながら歩いていると、なんだか急に泣きたくなった。たったひとりで、わけもわからず、ことばも通じない場所でわたしはいったいなにをしているのだろう。

ぐったりするほど歩いたあと、RERを見つけた。チケットを買おうと思ったが、窓口は長蛇の列だ。券売機もあったけれど、買い方もよくわからない。あきらめて、窓口に並んだ。

たった一枚の切符を買うのに十五分ほど並んで、わたしはやっとRERに乗ることができた。

硬い座席に座って、スーツケースを押さえ、ぼんやりと外の景色を眺めた。

窓から見える景色はどこもかしこも醜《みにく》い落書きにまみれていて、少しも美しくはなかった。窓ガラスさえ、埃《ほこり》だらけで薄汚かった。

この国が美しいと、いったいだれが言ったのだろう。


結局のところ、わたしはパリという街のことが少しもわかってはいなかったのだ。

母がバレエ教室を経営していて、子供の頃からずっとバレエをやっていたから、「パリ・オペラ座バレエ団」などという単語はよく耳にしていた。来日公演も何度も観《み》に行った。フランス人のダンサー、シルヴィ・ギエムの肉体そのものが知性を表現するような鮮烈な舞台に、強く魅了されたこともある。

そんないくつかの経験から、わたしはパリに憧《あこが》れるようになった。それは自分にバレエの才能がないとわかってからも変わらなかった。

同時に、その街はわたしから奪われていたものの象徴でもあったのかもしれない。

でも、結局のところ、どこに行っても街はただの街でしかない。

パリに行ったからといって、わたし自身が劇的に変わることなどないのだ。

その日は、北駅《きた》近くの二つ星ホテルに泊まった。最上階の小さなシングルルーム、ベッドは百六十センチのわたしですら足先が出てしまうほど小さかった。

フランス人はそんなに大柄ではないとはいえ、こんなベッドでは男性には窮屈だと思うのだが、それで不自由はないのだろうか。

雨はずっとガラス窓を叩《たた》き続けていた。


翌日の朝、携帯の音で起こされた。

目を擦《こす》りながらサイドテーブルに置いた携帯を開く。通話ボタンを押すと、母の声が流れてきた。

「夕《ゆう》。無事着いたの?」

「ん。着いたよ。大丈夫」

別に未開の地にきたわけでもない。直行便がパリに到着するのは当たり前のことだ。

母がわたしを心配してかけてきたことはわかるが、かすかな苛立《いらだ》ちを感じずにはいられない。

「住むことになる部屋はどう?」

「昨日はホテルに泊まったから……今日これから鍵をもらいに行く」

寝起きの不機嫌も混ざって、自然にそっけない口調になる。

「きちんと報告しなさいね」

なんのために？　そう喉《のど》まで出かかったのを抑えた。

「大丈夫だって。電話代、もったいないし」

「そんなこと……心配じゃない」

母がかすかに声を詰まらせた。

「だって、大丈夫だもん。元気だし」

「それならいいけど……もし困ったことがあったら、すぐに言いなさい。お金が足りなくなったらすぐ送金するから」

フランスに留学したいと言ったときは、「自分でお金はなんとかしなさい」と言ったくせに。

「うん、連絡するよ。じゃあね」

電話の向こうで母がなにか言いかけたけど、わたしはそのまま電話を切る。

たぶん、母は誤解している。わたしが母に捨てられたと思って、それでふてくされて、フランス行きを決めたのだと思っている。

わたしはまだ子供かもしれないけど、そこまで子供ではないのだ。


わたしが住むことになる部屋は、メトロのナシオンという駅の近くだった。

昨夜は、鍵をもらえる時間にパリに着くことができなかったので、ホテルに泊まった。今日からそちらに移ることになる。

ホテルをチェックアウトして、外に出ると思っていたより日差しが強い。

昨夜、到着したときは夜で、小雨が降っていたせいか、肌寒く感じたが、九月のパリはまだまだ夏の気配が残っている。

昨日からほとんど食欲はない。眠っていて、ホテルの朝食の時間にも起きられなかった。

体重が減ればむしろラッキー、なんて考えてから、そのことに苦笑する。もう、別に厳しい体重管理を要求されることもないのに、わたしはまだ痩《や》せることを考えている。長年染みついた習慣は、簡単には消えないらしい。

スーツケースを引きずってメトロに乗り、ナシオンに向かった。乗り換えはないが、ホームから改札を出るまでに階段を上り下りしなければならないのがやっかいだ。

重量制限ぎりぎりのスーツケースを持ち運んでいるせいで、昨日から肩が抜けそうに痛い。体力には自信があるつもりだったけれど、重いものを持つことには慣れていないことを、あらためて知らされた。

身体《からだ》というのは正直だ。普段、使っていない筋肉は衰えて錆《さ》び付く。無理に使おうとすれば、痛みで訴える。どうして、今まで放っておいたの、と。

たぶん、そのうちにわたしの全身もそうなる。足をまっすぐにあげることもできなくなり、高く跳ぶこともできなくなる。そのうち、つま先立ちすることすらできなくなるかもしれない。

なぜか、そう思ったとき、寂しさよりも暗い喜びのようなものがこみ上げてきた。

早くそうなればいい。そうなってしまえば、完全にあきらめがつく。

よくホラー映画などで、開かずの間のある古い屋敷が出てくるけど、その屋敷に住む人は、扉を開けてはいけない部屋が自分の側《そば》にあることに耐えられるのだろうか。わたしならば、きっとその扉を埋めてしまうか、部屋を壊してしまうだろう。

駅に着いてから、部屋のある建物を探すのが、またやっかいだった。

留学手配エージェントから地図はもらっていたけれど、メトロを降りた自分が地図のどこにいるのかが、まずわからない。

ここにくるために、少しはフランス語も勉強していたけど、まわりの人に尋《たず》ねる勇気はまだない。しばらく、ぐるぐるとあたりをさまよって、やっと建物に通りの名前が書いてあることに気がついた。

ようやく目的の通りに辿り着いたときには、約束の時間を少し過ぎていた。エージェントから手配された日本人係員が建物の前で待っているのが見えた。

「すみません、遅くなって……」

「香坂《こうさか》夕さんですね。渡辺《わたなべ》です。よろしくお願いします」

わたしよりも少し年上、二十代後半らしき女性の職員は、丁寧に頭を下げた。

建物の一階はバイクショップだった。その隣には小さな中華料理屋がある。どちらにせよ、あまりパリらしいとは言えない通りだ。

わたしが借りる部屋はストゥディオといって、日本でいうワンルームの部屋らしい。入り口の鍵の開け方を教えてもらって、中に入る。

「持ちましょうか」

彼女は慣れているのか、そう言ってわたしのスーツケースを軽々と持ち上げた。エレベーターがないということはあらかじめ聞いていた。借りるのは三階だから普段の生活にはさほど不自由ではないと思うが、それでもスーツケースを持ち上げるのは大変だ。

「すみません……」

わたしはスーツケースを渡辺さんにまかせて、後ろから階段を上った。建物はずいぶん古い。ひとつのフロアに、二部屋が並んでいる間取りになっている。人間にたとえると、やせっぽちでのっぽなおじいさんだなと思うと、少し親しみがわいてきた。

「いい物件なんですよ。この前までずっと埋まっていて、たまたま香坂さんから問い合わせがあったとき空いたばかりなんです」

彼女は荷物を運びながら、そんなことを言った。

たしかに、ほかに提示された物件よりも値段が安く、学校からも近い。

「ここです」

三階の右側の部屋の前で、彼女はスーツケースを下ろした。壁に書かれた2という文字が気になって眺めていると、渡辺さんが微笑《ほほえ》んだ。

「フランス式では、日本の二階にあたる部分が、一階という呼び方になりますから、ここはフランス式の呼び方では二階ですね」

それは知らなかった。わたしは渡辺さんから鍵をもらって、鍵を開けた。

小さな部屋だった。備え付けの机とクローゼット、そして小さなベッド。玄関の隣に小さなキッチンがある。前に住んでいた人が置いていったのか、食器もある。前に住んでいた人も日本人だったのだろう。ありがたいことに炊飯器まで置いてあった。

ここが、これからわたしの城になる。

渡辺さんはてきぱきと、お湯が出るか、コンロが使えるか等を確認している。わたしは窓を開けて外を眺めてみた。

見えるのはさっきやってきた通りだった。今日からこの景色を眺めて暮らすのだ。

「いかがですか?」

「ええ、気に入りました」

本当は心の底から気に入ったわけではないけれど、安い値段で探したのだからこれで充分だ。古いが清潔だし、狭いけれど充分光も入る。

「そう、それはよかった」

彼女はコピーを差し出した。

「ゴミ出しのルールとか、ここに書いておきました。あとはフランス生活中に注意することや、手続きの方法なども」

コピーをめくると、このあたりの地図があった。

「コインランドリーと、スーパー、郵便局の場所などを書いておきました。スーパーは歩いて五分くらいのところにあるけど、この裏にアラブの人がやっている小さな食料品店があります。そこはたぶん夜の十時くらいまで開いているから、いろいろ便利だと思うわ」

そういえば、迷っているときにリンゴやオレンジが積まれた店の前を通った気がする。

「一階に管理人さんがいるから、挨拶に行きましょう。居住証明書も作ってもらわないと」

渡辺さんにそう言われて、わたしは座っていたベッドから立ち上がった。

管理人さんは白髪の中年男性だった。まくし立てるように早口で喋《しゃべ》るから、わたしにはまったく聞き取れない。

なんとかぎこちないフランス語で挨拶をすると、がっしりと手を握られた。

渡辺さんは流暢《りゅうちょう》なフランス語を操って、管理人さんにいろいろ説明をしている。わたしも言われるままにパスポートを出したり、サインをしたりする。

この先、滞在許可証をもらうためには自分で届け出なければならない。そう考えると急に不安がこみ上げてくる。

だが、早口なのを除けば、管理人さんは感じのいい人だった。管理人室を出るとき、親しみに満ちた笑顔を向けて、肩をぽんぽんと叩いてくれた。

管理人室を出ると、渡辺さんはぺこりとお辞儀をした。

「それじゃあ、わたしはここで。もし、なにか困ったことがあったら遠慮なく電話下さい」

わたしもあわてて頭を下げた。なんとなく、彼女がまだ一緒にいてくれるような気になっていた。

「すみません。お世話になりました」

彼女はバッグを抱え直すと、笑顔で言った。

「頑張って下さいね、学校」

一瞬、どう答えていいのか迷った。「頑張ります」というのが正しいのか、「ありがとう」と言えばいいのか。だが、彼女はわたしの返事など聞かずに、ドアを開けて外に出て行ってしまった。

取り残されたような気分になって、三階までの階段を上る。

部屋に入って携帯を見ると、妹の朝美《あさみ》からメールが届いていた。

「無事、パリに着いた？　お姉ちゃんもいよいよ留学開始だね。絶対、近いうちに遊びに行くよ」

いつも通りの屈託のないメール。

腹が立つわけでも不快なわけでもないが、なんとなく無視できないなにかが胸の中でざわめく。

彼女のことが嫌いなわけではない。仲はいいと思っている。それでも、もう子供のときのようにふるまうことはできない。

朝美にはわたしのこんな複雑な感情は理解できないだろう。それとも、わかっているからこそ、こんな無邪気なメールを送ってくるのだろうか。

それでも、日本にいるときよりも、今わたしは彼女の近くにきている。そのことが不思議だった。


それからの一週間は嵐のようだった。

学校に入学の手続きをし、滞在許可証の申請をして、滞在許可をもらうために必要な健康診断を受けた。銀行口座も開設した。日本の携帯電話をこちらでも使うと高くつくので、新しく携帯を契約した。行く先々でいくつも窓口をたらい回しにされた。

午前中は学校で授業を受け、午後からは手続きのためにパリ市内を移動するという日々が続いた。やっていることはそう大したことではないのに、片言のフランス語では何事もスムーズに運ばない。頭を抱えたくなる失敗も一度や二度ではなかった。なにより、こちらの人は感情を隠さない。日本では面倒な客だと思っても、笑顔で応対してくれるが、こちらではことばがうまく喋れないと、呆《あき》れたように肩をすくめられる。そのたびに心がずきりと痛んだ。

流暢に喋れるのならば、そもそも留学なんかしていない。喋れるようになるためにきているのだ。そう思って自分を鼓舞するけど、やはりなにかあるたびに気持ちは落ち込んだ。

学校でも結局話をするのは日本人の女の子たちばかりで、積極的に他の国の生徒と喋る勇気はなかった。せめて英語だけでも流暢に話せれば、ずいぶん違ったかもしれない。わたしは英語も得意ではない。

まだエッフェル塔も凱旋門《がいせんもん》も見ていないことに気づいたのは、土曜日になってからだった。

土曜日は授業もないし、手続きももう終わった。パリにきてから、はじめての休日になる。

朝、コインランドリーで洗濯をしてから、メトロに乗った。手続きのための移動で、最初は戸惑ったメトロにもすっかり慣れていた。メトロの番号と、行く方向の終点駅を確認すれば、乗り換えも簡単だ。

渡辺さんが、わたしのストゥディオを「いい物件だ」と誉《ほ》めていた意味が、少しずつわかってくる。ナシオンは学校に近いだけではなく、たくさんのメトロが乗り入れている。どこに向かうのにも便利だ。

一号線でシャルル・ド・ゴール・エトワールへと向かう。降りたところが凱旋門。そこから六号線に乗り換えて、エッフェル塔を見た。トロカデロ広場から眺めるエッフェル塔は、まるで絵はがきのように美しかったけれど、なぜかわたしの心は動かなかった。

一週間を過ごしたあの生活感あふれるナシオン周辺と、この場所はあまりにもかけ離れている。わたしはそのどちらにも馴染《なじ》めていない。

ストゥディオのまわりでは、わたしはぎこちない異邦人で、ここではただの観光客だ。この街に受け入れられているとは感じられず、なによりもどちらの自分も好きにはなれない。

そんな感覚が、ただのわがままだということはわかっている。

もし、わたしがパリという街ならば、いきなりやってきた極東の小娘にこんなことを言われても困るだろう。

しょせんわたしは、異邦人か観光客以外のなにものでもないのだ。

エッフェル塔に上るつもりだったけど、わたしはそれを取りやめた。こんな気持ちで高いところに上ったら、きっと泣きたくなってしまうし、なによりエッフェル塔に上れば、エッフェル塔は見えないだろう。

そのあと、ルーブル美術館に行った。

外までずらりと並んでいる人を見て、一瞬うんざりしたけれども、あまりにも巨大な美術館はそんな人の列も簡単に呑《の》み込んでしまうようだ。

中に入れば、人は広い美術館の中であっという間に薄められてしまう。日本の美術館のように、人の波の中で絵を見るようなことはまったくなく、一枚一枚の絵の前には、人は少ない。

ただ広すぎて行きたい場所に辿り着くのは、容易なことではない。階段を下りたり、上ったりしてみても、結局印象派の絵があるエリアには行くことができなかった。

かわりに紛れ込んでしまったのは、工芸品などが展示されているエリアだった。入り口の混雑が嘘のように閑散としていて、むしろ怖いくらいだった。

パリには半年いるつもりだったから、ルーブルには何度もくることができるだろう。

いや、それとも東京に住みながら、東京タワーには子供の頃一度、上ったきりだったように、ルーブルにも一度きただけで終わるのかもしれない。

歩き疲れたので、美術館を出て、きたときと同じ一号線でナシオンに戻った。

帰る途中に、時計に目をやるとまだ夕方の五時だった。昼過ぎに家を出たから、たった数時間しか観光していないことになる。

それなのに、わたしはすでに疲れてしまっている。

憧れだった街にきたはずなのに、少しも心が弾んでいない。

わたしは気づいている。それはこの街が悪いわけではなく、たぶんわたし自身が悪いのだ。

整理できないものがたくさん、わたしの中で蠢《うごめ》いている。

部屋に帰ってから、朝美にメールを打った。

「やっと、落ち着いたよ。手続きも終わった。今日はエッフェル塔とルーブルを見てきた。ルーブルは広くてびっくりしちゃったよ。学校が休みになったら遊びにきてね」

わたしの感情は、どの文字にも引っかからず、空《むな》しく滑《すべ》り落ちて消えた。

2

その翌朝だった。

学校がないのにもかかわらず、わたしはいつも通り朝の七時に起きてしまった。あまり二度寝をするのは好きではないから、仕方なく起きる。

パリにきてから発見した数少ない楽しみのひとつが、パン屋で焼きたてのパンを買うことだった。特に有名でもなんでもない街角のパン屋なのに、焼きたてのバゲットやクロワッサンはびっくりするほどおいしいのだ。

それを知ったのは、この部屋に住むようになった次の日だった。

朝食の材料を買うのを忘れていたことに気づき、早くから開いているカフェでもないかと思って外に出た。大通りに出て反対側の路地に、小さなパン屋があることに気づいた。

まだ朝の七時だというのに、店は開いていて、お客さんも出入りしている。わたしもおそるおそる中に入った。

パリのパン屋は、日本のように自分でトングでトレイに取って買うことはできない。店員に自分の欲しいものを告げて包んでもらうシステムだ。ぎこちなく、「ユヌバゲット、シルブプレ」と言ってみると、通じた。

無愛想なおじさんが紙にくるくると包んだだけのバゲットを渡してくれる。

帰って、それを切って食べて驚いた。

皮はぱりぱりと香ばしく、それなのに中は溶けるように柔らかい。なにより、パン自体がとても甘いのだ。塩気はあるのだけど、その塩気が小麦粉の自然な甘みを引き出している。

昨日のうちにスーパーでバターを買っておいたことを思い出して、バターを塗った。

プレジデントというメーカーのそのバターは、特に高級品でもなく、安いくらいだったのに、とても深い味わいで焼きたてのバゲットととても合った。日本で食べているバターとはまるで別物だった。

せいぜい三切れくらい食べれば充分だと思っていたのに、わたしはあっという間に、その長いバゲットを半分くらい食べきってしまっていた。

その日から、朝にパンを買いに行くことが、わたしの日課になっていた。残ったパンはハムを挟んでお弁当にする。パリでは外食はとても高いから、毎日外で食べることはできなかった。

この日も、パンを買うつもりで外に出た。だが、パン屋の前まできてわたしは足を止めた。いつもは灯《あか》りがついている店の中が真っ暗だ。

どうやら日曜日は休みだったらしい。わたしはがっくりとうなだれた。

朝に買おうと思っていたから、パンはない。急いでいる日のためにシリアルは買ってあるから、あきらめてそれで朝食を取るしかない。

踵《きびす》を返して、ストゥディオのある通りに戻ったときだった。

目の前を風のようにひとりの女性が走り抜けた。

黒いノースリーブとショートパンツから長い手足が伸びて、ブロンドのポニーテールが頭のてっぺんで揺れている。

ランニングの途中のようだった。その美しさに一瞬見とれたとき、足下をもうひとつの風が通りすぎた。

彼女の髪と同じ色をしたゴールデン・レトリバーだった。リードもつけずに走っていた犬はふいに足を止めて、わたしの方を見た。近づいてきて、ふんふんと匂いを嗅ぐ。

怖くはない。ゴールデン・レトリバーの目には友好的な表情しか浮かんでいなかったし、飼ったことはないけど犬は大好きだ。

たぶん、フランス人とはまったく違う匂いがするのだろう。犬は興味津々でわたしの匂いを嗅いでいる。

走っていた女性は、やっと犬がついてきていないことに気がついて足を止めた。振り返って呼ぶ。

「ベガ！」

犬はやっと飼い主が待っていることに気づいて走り出した。少し残念に思いながら見送った。あの黄金色の毛皮を撫《な》でたかった。

犬とその飼い主はお揃《そろ》いの金色の毛を揺らしながら遠くに消えていった。

どうやらわたしの部屋の前は、彼女たちのランニングコースになっているようだった。それから、ときどき彼女たちを見かけた。パンを買いに行くときに会うこともあれば、窓から、彼女たちが走っていくのが見えるときもある。

時間もだいたい毎日同じだった。それに気づいてから、わたしはその時間になると窓から通りを眺めるようになった。

金色の風が駆けていくのは一瞬だけど、なぜかその瞬間を見たかった。

いつの間にか、パリにきて一ヶ月が経《た》っていた。

はじめはただの音の羅列にしか聞こえなかったテレビの声や、人の会話から、単語が掘り起こされるように形を取り始め、いくつかの簡単なフレーズが、口から自然に出るようになっていた。

結局、ルーブルにはあれから行っていないし、サクレ・クール寺院も見ていない。

それでも、ベルヴィルの中華街でニラや白菜などが買えることは知ったし、そこで買い物をしたあと、近所のベトナム料理店でフォーを食べるのがお決まりのコースになった。

オベルカンフのバーで、同級生たちと一緒に夜遊びもした。高級なフランス料理店には一度も行っていないけれど、クスクスのおいしいビストロだとか、野菜の前菜がたくさん出てくるレバノン料理店など、安くておいしいレストランはいくつか見つけた。

マグナムというチョコレートのアイスバーとか、チックタックのミントタブレットとか、ルーのバタービスケットとか、スーパーに行けば買い物かごに放り込むお気に入りのお菓子が増えていった。

少しずつ、肌がこの街に馴染んでいくのに気づく。

ことばが完全にわからなくても、いくつかの単語をつなげれば、言いたいことはたいてい伝わる。少なくとも、黙っているよりも一言でも多く喋った方が、伝わる可能性は大きいのだ。

それでも、まだわたしには見えない。

華やかな絵はがきのような凱旋門やエッフェル塔と、わたしの住むナシオンや、よく出かけるベルヴィルなどの下町がどんなふうにつながっているのか。

わたしにとってのパリは、観光地と生活の場に完全に分断されている。

東京ではそんなことはなかった。住んでいた笹塚《ささづか》という街から、都心に向かう街並みの変化は電車から見ていればよくわかった。浅草《あさくさ》などの観光地でも、近くに住んでいる友達はいたし、そこに行けばそれなりの生活の匂いは感じた。

ふいに思った。

毎朝走り抜けていくあの金髪の女性のように、走ってみればこの街が見えるだろうか。


妹から電話がかかってきたのは、その頃だった。

それまでもメールのやりとりはしていたけど、電話ははじめてだ。

「お姉ちゃん？　朝美だけど」

携帯の通話ボタンを押すと、少し舌っ足らずで甘えたような声が聞こえてきた。子供の頃から変わらない幼い喋り方。自分のことを「朝美」と呼ぶのはバカみたいだからやめなさいと何度も言ったけど、たぶん気にしていないのだろう。変えようともしない。

　五歳も年下で、子供の頃は本当に頼りない存在だった。年の近い姉妹ならば、もっと喧嘩もしただろうけど、年が離れすぎていて喧嘩にもならなかった。

　わたしが小学生になった頃は、本当にまだ赤ちゃんで、中学生になったときには頼りない小学生に過ぎなかった。高校を卒業するときにも、まだ中学生だった。

　それなのに、二十三歳と十八歳になった今では、子供のときに感じた圧倒的な年齢の差は、いつしか微妙なものになっていた。

　たぶん七十五歳と七十歳のおばあちゃんになったら、ひとつ違いの姉妹と変わらない関係になってしまうのかもしれない。

「なあに、どうかした？」

「お姉ちゃんの学校も冬休みあるでしょ。日本に帰る？」

　わたしはふうっと息を吐いた。そのことについてはもう決めていた。

「パリにいるのは半年だけだから、帰らない。どうせ三月には帰るし」

「そっか。じゃあ朝美も帰るのやめて、パリに行こうかな」

　わたしは驚いて携帯を握り直した。

「朝美は帰りなよ。お父さんやお母さんも寂しがるよ」

「だって、お姉ちゃんにパリ案内してもらう機会って、そのくらいしかないでしょ。お正月はまた何度だってあるし。本当はさ、パリでストップオーバーして日本に帰ろうと思ったけど、結構慌《あわ》ただしくなるんだよね。だから、もう帰るのやめた。クリスマスのパリを案内してよ」

わたしは少し呆れながら、壁にかけたカレンダーを眺めた。

朝美が幼い口調に似合わずに頑固で、言い出したら聞かないことはよく知っている。たった十七歳で、ドイツ、ハンブルクにバレエ留学をしているのだ。芯が強くなければやっていけるわけはない。

語学学校では競争もない。きているのは、みんな同じような外国人で日本人だってたくさんいる。だが、彼女のいる学校は、生徒たちがすべてプロを目指すライバルとなる。しかも生徒はほとんどがドイツ人かその他のヨーロッパ人で、日本人は朝美以外にはひとりだけだと聞いた。過酷さはまるで違うだろう。

わたしが彼女に誇れることといえば、彼女は両親にお金を出してもらっているけど、わたしは自分でアルバイトをして貯《た》めたお金でここにきているということだけだ。でも、それも当然だ。朝美のキャリアは、母のやっているバレエ教室の実績にもなる。たぶん、彼女はいつかあの教室を継ぐことになる。わたしがパリにいるのは単なるわがままに過ぎない。

「それとも、お姉ちゃん、フランス人のかっこいい彼氏とかできて、その人とクリスマスを過ごすとか?」

「できてない、できてない」

だいたい語学学校の同級生にはフランス人はいない。イタリアやスペイン、ロシアや韓国の友達はたくさんできたけど、フランス人の知り合いは、パン屋のおじさんや管理人さんぐらいだ。

「じゃあ、クリスマスはそっち行くからね。また連絡する」

弾んだ声がそう告げて、電話は切れた。わたしはちょっと呆れながら、携帯を見た。

ここにくると言ったって、泊まるところはどうするのだろうか。わたしの部屋は狭いし、ソファもない。ホテルに泊まるつもりだろうか。

しばらく考えてから、わたしは肩をすくめた。

どちらにせよ、それは朝美が決めることだ。ここに泊まりたいと言えば寝袋でも買えばいいのだ。


翌朝、土曜日で学校はなかったのに、わたしは朝早く家を出た。

部屋着にするつもりで持ってきたジャージとスニーカー、タオルとミネラルウォーターと地図を斜めがけのバッグに入れて肩から提げた。

家の前で、アキレス腱《けん》やふくらはぎを伸ばすストレッチをする。ついでに、ぐうっと手を空に向かって伸ばしてみる。

身体が喜んでいるのがわかった。急に切なくなる。

一年前まで、毎日のようにストレッチをして、身体を愛《いと》おしんであげていた。バレエのレッスンは苦しくて大変なことばかりだったけれど、その分、自分の身体を見つめて、大事にしていた。

今は身体のことなんか気にしない。

そこにあるのが当たり前であるかのように、意識もせずに生きている。

ただ、手足を伸ばすだけで、身体はこんなにも強く反応するのに。

軽いストレッチを終えると、わたしはゆっくりと走り出した。

学校の体育の授業以外は、走ったことなんてなかった。足を痛めるといけないし、毎日のレッスンでくたくたで、走ろうなんて考えは浮かばなかった。

それでも、呼吸が乱れるほどの速度では速すぎるということくらいは知っている。ゆっくりと、無酸素運動にならないように大きく呼吸をしながら走る。

十月も半ばを過ぎたパリは、すでに秋の匂いでいっぱいだ。枯葉をさくさくと踏みながら走る。ジャージを着ていた身体が、だんだん汗ばんできたから脱いで腰に巻き付ける。

パリで生活するようになってから、わたしはあまり人目を気にしないようになっていた。日本では若い女の子たちは、みんな同じような髪の色と体型、服装をしている。外に出れば、自分と他人をすぐに見比べてしまう。わたしも普通よりは痩せているとは思うけれど、それでもわたしよりもスレンダーで手足の長い子などを見れば落ち込んだ。

だが、パリはまさに人種のるつぼだ。

日本人がイメージするようなフランス人だけではなく、多くのアラブ人や黒人が入り交じっている。彼らはみんなそれぞれ独特の肌の色や体型をしていて、それがそれぞれ、魅力的だった。

昔なら、ジャージで走るなんてかっこ悪いと思っただろうけど、今はそんなことは気にならない。しばらく走っていると、ペール・ラシェーズ墓地に出た。見れば、墓地の中を走っている人もいる。わたしも中に入ってみた。

近くにあることは知っていたし、散歩中通りがかったことはあるけど、中に入ったのははじめてだ。

それぞれ意匠を凝らした形の墓石を眺めながらゆっくりと走った。日本の墓地のような陰鬱《いんうつ》な空気はない。公園の中を走っているような気分だ。

一回りして、また元の通りに戻った。ひさしぶりに走ったから、息が切れてくる。無理はせずにさっさと切り上げて、少しずつ距離を延ばしていった方がよさそうだ。

ちょうど戻ってきたとき、反対側の歩道をいつもの金髪の女性と、金色の犬が走り抜けていくのが見えた。

女性はわたしを見て、「おや」というような顔をした。


その日から、わたしはときどき、走るようになった。

まだあまり人の通っていない朝のパリは、都会とは思えないほど空気が澄んでいる。その中を、最初の日のようにペール・ラシェーズ墓地に向かって走ったり、南に下りてセーヌに沿って走ったりした。

毎日走らなかったのは、ときどき足首の痛みを感じたからだ。

パリの通りは石畳が多く、走っていると足首や足の裏に痛みを感じる。石畳の隙間《すきま》に足を取られて、転びそうになってしまったこともある。

もともとパリに住んでいる人たちは石畳にも慣れているのだろうか。

わたしはパリの地図を広げてみた。わたしの部屋からそう遠くないところに、ヴァンセンヌの森がある。ここならば、足首の痛みを感じることなく走れるだろう。

次の日曜日、いつものようにスニーカーを履《は》いて、家を出た。

走っていると、季節が変わっていくのがよくわかる。

九月にここにきたときは、夜も八時まで明るかったし、朝も六時には明るくなっていた。だが、日はどんどん短くなっていく。今は七時になれば暗くなるし、朝がくるのも少し遅い。日本でも冬は日が短いのは当然だけど、もっと変化がはっきりしている。

十分ほど走っただけで、ヴァンセンヌの森に入った。考えていたよりもずっと近い。

予想していた通り、道は石畳ではなくアスファルトで舗装されていた。ときどき土のままの道もあり、走りやすかった。

日曜のせいか、芝生で休んでいる人も多い。リードを外してもらった犬たちがはしゃぐように走り回っているのが目についた。

緑の残っている樹《き》も多く、走っていて気持ちがいい。

これからはここを走るようにしようか、そう考えたときだった。

目の前に金色の毛が飛び出してきた。飛びつかれて、思い切り尻餅をついてしまう。

顔をぺろりと舐《な》められて、やっとそこにゴールデン・レトリバーがいることに気づいた。

目がきらきらと輝いている。「きみのこと知ってるよ」と言いたそうな顔だった。

「ベガ！」

女性の強い声が飛んで、犬は弾かれたように、わたしから離れた。

走ってくるのは、いつも通りで見かける金髪の女性だった。

「ごめんなさい。大丈夫？　怪我《けが》はない？」

びっくりするほど聞き取りやすいフランス語だった。学校の先生は別にして、こんなにはっきりとことばが聞き取れたことはない。

「ええ、大丈夫。少し驚いただけ」

立ち上がって、お尻の砂を払う。確かめてみたが、どこも怪我はない。打ったのはお尻だけだし、特に問題はなさそうだ。

「そう、よかった。ベガ！」

彼女は、強い口調で犬を叱りつけた。たちまち、犬はしょんぼりとした顔になる。

「大丈夫だったから、怒らないで」

そう言うと、彼女は肩をすくめた。

「駄目。あなたみたいな若い人だったから怪我はなかったけど、もしお年寄りに飛びついたりしたら大変でしょ。ちゃんと叱らなきゃ」

ベガは上目遣《うわめづか》いに彼女を見上げた。その顔が、まるでふてくされているようで、思わず噴き出してしまった。それに釣られて彼女も笑う。

笑顔が出たから許してもらえたと思ったのだろう。ベガの目がまた輝いて、尻尾が揺れた。

「賢いのね。ちゃんと人の顔を見てる」

「だから困るのよ。彼女は自分で勝手に判断してしまうの。もっと訓練しなきゃ」

「彼女」という単語で、ベガがメスであることを知った。

パリの犬は日本よりもずっと自由が許されている。

メトロに一緒に乗ることもできるし、レストランに入ることもできる。だが、その分きちんと訓練されているのだろう。けたたましくほえている犬や、喧嘩をしている犬を見ることは少ない。

甘えるように近づいてきたベガを撫でてから、彼女はわたしを見た。

「ときどき会うわね」

わたしは頷《うなず》いた。こういうときはなんて言うべきなのだろうと思いながら、ことばを探していると、彼女はわたしの足を指さした。

「そんな靴で走るのはよくないわ」

驚いて自分の足下を見る。別に革靴やハイヒールで走っているわけではない。少し古いが普通のスニーカーだ。

「ランニング用のシューズじゃない。底も薄いし……」

あわてて言った。

「別に本格的に走っているわけじゃないの。二十分か、三十分くらい……気分転換だから」

「初心者ほど底の厚い、クッションの利いたシューズを履かなきゃ。足を痛めるわよ」

そう聞いてはっとした。たしかに、ときどき足首が痛むことがある。石畳のせいだとばかり思っていたけれど、たしかに靴のせいもあるかもしれない。

「わかったわ。ありがとう。明日、買いに行く」

そう言うと、彼女はにっこりと笑った。その笑顔を見て思った。年上のように見えていたけれど、たぶん彼女はわたしと同じくらいの年頃だ。

「わたしはアンナ。あなたは？」

「夕」

彼女は、わたしの名を聞いて戸惑った顔になった。この反応にも慣れた。こちらの人にはわたしの名前がひとつの音のように聞こえて、不思議に思えるのだろう。

だからこんなときは、こう付け加えることにしている。

「日本語で、ソワールの意味なの」

「ユウ？」

彼女は、小さくわたしの名を発音した。知らない単語を口に出すときの違和感は、わたしにも覚えがある。

自分の名をそういうふうに発音されるのは、なんだかくすぐったい気がした。


翌日、わたしは学校が終わってから買い物に出ることにした。

同じクラスの日本人、真由《まゆ》に聞いてみる。

「ねえ、ランニング用のシューズを買いたいんだけど、どこがいいと思う？」

お金を節約するため、これまでは生活必需品しか買っていない。真由は夫のフランス駐在についてきている主婦だから、わたしと違って裕福だ。在パリの日本人の知り合いも多く、いろんなことを知っている。

「うーん、プランタンか、ＢＨＶかなあ。どっちもスポーツ用品コーナーあったと思うよ」

ＢＨＶには行ったことがある。パリの東急ハンズといった感じの店で、地下にはいろんなＤＩＹ用品を売っていて楽しかった。

「じゃあ、ＢＨＶに行ってくる。行ったことあるし、近いし」

「夕、プランタンは行ったことないの？」

「あのあたりはあんまり……オペラの近くは、よく行くけど」

オペラ座から、少し脇に入ったところには日本の古書店がある。それだけではなく、日本人向けの食材店や書店なども多い。普通の書店は割高なので、あまり手が出ないが、古書店には、持ってきて読み終えた本を売りに行き、新しい本を買うために、ときどき顔を出していた。

「行ってみなよー。華やかで楽しいよ」

もちろん、服の一枚も買えないほど切り詰めているわけではないが、決まったお金で生活していく毎日では、無駄遣いしてしまうこと自体がストレスだ。今のところ、思ったよりも節約できているから、帰る間際にはパリのショッピングストリートを歩いて、思う存分買い物してみたい。

今までそう思ってデパートには近づかなかったけれど、今回ははっきりとした目的がある。いい機会だから行ってみてもいいかもしれない。

「プランタンにする？　じゃあわたしも行く」

「なんだ、真由が行きたかっただけじゃん」

そう言って笑ったけど、もちろん買い物はひとりよりもだれかと行く方が楽しい。学校が終わったあと、一緒に行くことにする。ついでに、よく一緒に行動する韓国人のソンファにも声をかけてみると、彼女も行くと言った。

三人で九号線に乗って、ショセ・ダンタン・ラファイエットで降りた。先に昼ご飯を食べようということになり、相談してオペラ座近くの中華料理屋に入る。

ソンファはもちろん日本語が喋れないから、三人で話すのは下手なフランス語だけど、それでも食べたいものが一致するのは近い国の人間だからだ。

レバーともやしの妙め物や、水餃子などで満腹になったあと、ウーロン茶を出してもらう。もちろんカフェで飲むカフェ・クレームも好きだが、やはりこのひとときは格別だ。

ソンファが尋ねた。

「ユウ、ランニングしてるの？」

「うん、はじめようと思って。日本から持ってきたスニーカーで走ったら、石畳で足首痛くなっちゃった」

「えーっ、こんなに痩せてるのに？」

真由のことばに、わたしは苦笑する。

「別にダイエットのためじゃないから。なんか気分がいいし、パリのこともよくわかるかなって」

ソンファは語学学校のあとにソルボンヌに行くつもりだと言っていたし、真由はいつまでいることになるかわからないらしい。彼女たちより、わたしのパリにいる時間は圧倒的に短い。わたしなりにパリという街に関わりたかった。

「だったら、パリマラソンに出てみれば?」

ソンファがそんなことを言った。

「パリマラソン? そんなのがあるの?」

シドニーやニューヨーク、東京などは聞いたことがあるけれど、わたしのイメージではパリとマラソンが結びつかない。

「あるある。わたしも知ってる。今年の四月だったかなあ。車で出かけようと思ったら、あちこち道路が封鎖されていて大変だったもの」

真由もそう言って頷いた。

「ユウは、いつまでいるんだっけ……」

「三月……でも、急いで帰らなきゃならないわけでもないから、一ヶ月くらいなら延ばしてもいいかなあ」

とはいえ、マラソンと言えば四十二キロ以上を走らなければならないということは、知識の乏しいわたしでも知っている。まだ、今は十キロ程度しか走っていないのに、そんなに走れるだろうか。

「ニュースでも見たけど、なんか楽しそうだったよ。仮装して走っている人とか、カフェのギャルソンがトレイにビールとグラス載せて、走ってたり」

思わず笑ってしまった。なんだかパリらしい。

そのあと、オペラ座を横目で見ながらプランタンに向かった。スポーツ用品の売り場で、ランニングシューズが欲しいというと、無愛想な店員がサイズを聞いて、三種類のシューズを出してきた。

「初心者用なら、こっちとこっち。走り慣れている人はこっち」

迷わず初心者用を選ぶ。初心者用の方が底が厚いから、クッションが利いていて、膝や足首を痛めないようになっているのだろう。

二足を履きくらべてみて、足にしっくり馴染んだ方を選んだ。

百ユーロ近い買い物なんて、普段なら躊躇《ちゅうちょ》してしまうのだけど、今回はあまり気にならない。

カードで支払いをして、プランタンのきれいな袋に入れた靴をもらう。

その後、真由とソンファの買い物に付き合い、夕方になってから自分の部屋に戻った。

さっそくランニングシューズに足を入れてみる。飛び跳ねてみると、着地したときの感触がとても柔らかい。これなら石畳でも痛みは感じないだろう。

翼を手に入れたような気がした。


翌朝、そのランニングシューズでヴァンセンヌの森に走りに行く。

途中で、アンナとすれ違った。彼女はすぐにわたしの靴に気づいた。

「シューズを替えたのね。その方がいいわ」

「替えてよかった。とても走りやすいの」

そう言うと、アンナは柔らかく微笑んだ。もうずいぶん寒くなってきているのに、彼女はまだノースリーブのままだ。走ればあたたかくなるとはいえ、寒さに強いのだな、と思った。

ベガはわたしに飛びつきたくて、うずうずしているようだ。我慢をしているご褒美に、胸元をわさわさと撫でてやると、目を細めて気持ちよさそうにした。

ベガの首輪には、小さな星形のチャームがついていた。

「素敵なのつけてるね」

「女の子だからね。おしゃれしなきゃ」

アンナのことばにわたしは笑った。手を振って、別れる。

走りながら思った。パリマラソンに出てみよう。一年前までは、毎日、何時間も汗だくになってレッスンをしたのだ。それを思えば、42・195キロも走り抜けられる気がした。それに、まだ五ヶ月もあるから、充分練習はできる。

フランス語のほかに、もうひとつ、なにかを記憶に残したかった。

3

朝美からまた電話がかかってきたのは、十一月の終わりだった。

「十二月の十八日くらいにはそっちに行けるようになったから」

「いつまでいるの？」

「十日くらいかなあ」

そうなるとホテルに泊まれば高くつくだろう。

「うちきてもいいけど、ベッドもソファもないよ。寝袋でいいなら買っておくけど……」

「うん、それで全然オッケー。でもさ、ずっとパリじゃなくて、四、五日どっか行かない？」

「どっか？」

「フランスの素敵なところ、旅行しようよ」

「残念ながら、お姉ちゃんはそんなお金ありません」

朝美は、ふ、ふ、ふ、と思わせぶりに笑った。

「旅行資金はパパにもうもらえることになったから、心配いりませーん」

驚いて携帯を握り直す。

「あんたって、本当に要領がいい」

「だって、ママ、ちょっとお姉ちゃんに罪悪感持ってるみたい。いくら学費は奨学金もらえるとはいえ、朝美のこっちでの生活費はパパやママが出してくれてるわけでしょ。それなのに、お姉ちゃんには『自分で全部準備しなさい』って言って、姉妹の間で差をつけたみたいだと後悔しているみたい。ママは、本当は半分くらいは出してあげるつもりだったらしいんだけど、お姉ちゃん、本当に自分で全部準備しちゃったし」

「あんたのは、教室のためにもなるバレエ留学だから別。わたしのは、単なるわがまま」

わたしのことばを無視して、朝美は話を続けた。

「だから、お姉ちゃんと一緒に旅行行きたいって言ったら、すぐに出してくれるって言ったよ」

わたしは苦笑した。

自分のためだけにふるまっているようで、それでいて、わたしと母のあいだにある痼《しこ》りのこともちゃんと気づいている。旅行代を出してもらえば、わたしは母に対して頑《かたく》なでいつづけることはできない。

「で、どこ行きたいの。モン・サン・ミッシェルでも行く？」

有名なあの修道院に、わたしはまだ行っていない。

「やだ。寒そう。それにモン・サン・ミッシェルの中に入ったら、モン・サン・ミッシェルは見えないよね。行きたくない」

どこかで聞いたような理屈だ、と考えて、すぐに思い出す。そういえば、わたしもエッフェル塔に上ろうか、上るまいかと悩んだとき、同じように思ったのだ。

「じゃ、どこがいいのよ」

「えっとねえ、あったかいとこ。南仏とか、モナコとか。ドイツはもう寒くて」

ふいに思い出した。真由が今年のバカンス、バスクに行ったと言っていた。

「じゃあ、バスクとかは？　あったかいし、食べ物もおいしいらしいよ」

「あ、いいねえ。おいしいもの食べたい」

「じゃあ、ホテル探しておく」

シーズンオフだし、ホテルを取るのは難しくはないだろう。

「じゃ、よろしくお願いしまーす。楽しみにしてる」

電話が切れてから、わたしは彼女に聞きたいことがあったことを思い出した。

メールを打とうかと悩んで、携帯を開き、結局また閉じた。

口に出すのには、まだ少し勇気がいる。


それから数日後の日曜日、一時間ほど走って戻ってきたとき、家の前でアンナたちと出会った。彼女も充分走ってきたのか、頬を上気させていた。

白い首筋から湯気が上がりそうだ。ごく自然に尋ねていた。

「お茶でも飲んでいかない？」

「喜んで」

彼女はそう答えた。

建物の入り口のドアを開け、中に招き入れる。ベガは躊躇もせずに入り、階段を上りはじめた。

部屋に通して、椅子を勧めてから尋ねる。

「紅茶がいい？　それとも日本のお茶を飲んでみる？」

「日本のお茶が飲んでみたいわ。マリアージュ・フレールでもメニューにあったけど、とても高かった」

あいにく、うちにあるのはそんないいお茶ではない。日本から持ってきた焙《ほう》じ茶のティーバッグを出して、お湯を注ぐ。

ベガにはお皿に水を入れて出してやる。ベガは大きな舌であっという間にそれを飲み下した。どうやら少なかったらしい。

焙じ茶を入れたマグカップを渡すと、アンナはメルシ、と言ってからそれを受け取った。匂いを嗅いで頷く。

「とてもいい匂い」

「よかった。日本のお茶には砂糖もミルクも入れないの。口に合わなかったら無理しないでね」

「おいしいわ。わたしも紅茶に砂糖を入れないから大丈夫」

わたしも、ベガに水を足してやってから、マグカップを手にベッドに座った。

彼女はわたしの部屋を見回した。

「家族の写真とかは飾らないの？」

そういえば、映画で観たパリ・オペラ座バレエ団のエトワールは、楽屋の鏡にも家族の写真をたくさん貼っていた。部屋に家族の写真もないなんて、こちらの人からすれば不思議に感じるのだろう。

「そうね……あんまり日本人は飾らないかも。でも持っているのよ」

引き出しを開けて、妹の写真を出した。彼女がハンブルクから送ってきた、舞台の写真。

妹なの。そう言うと、アンナは目を輝かせた。

「ダンサーなのね。とても可愛《かわい》らしいわ。お人形みたい」

妹にコンプレックスを感じているくせに、彼女が誉められるとうれしいと思ってしまう。そんな自分が不思議だった。それとも、それが家族というものなのだろうか。

「ユウもバレエをやっているの？」

「やってたの。でも一年前にやめた」

「どうして？」

わたしは首を傾《かし》げた。今までは簡単なことばでごまかしていた。才能がないことがわかったとか、毎日の練習に耐えられなくなったとか、もっと遊びたくなったとか。だけど、今はなぜか、本当のことを話してみたくなった。

「子供の頃からずっとバレエばっかりやってたわ。母がバレエ教師だったし、プロを目指すように言われていたから」

友達ともあまり遊べず、お菓子も食べてはいけないと言われた。苦しいことばかりだったけど、母はいつも言った。「いつか、今頑張ったことに感謝する日がくるから」

もちろん、中学生になる頃には気づいていた。自分にはコンクールで優勝するほど劇的な才能も、世界に羽ばたく華麗なプリマになるほどの実力もない。

それでも、教室の中ではそれなりにうまい方でいられたし、高望みをしなければプロのコールドとしてはやっていけるだろうと思っていた。母のバレエ教室を継いで、バレエ教師になることもできる。努力していれば、一度くらいは主役を張れることもあるかもしれない。

アンナは黙って、わたしの話を聞いていた。

「でもね。妹は全然違ったの」

五歳も年下で、歩くのも食べるのもずっとわたしよりへたくそだったはずなのに、バレエに関してだけは、彼女は簡単にわたしに追いついた。

いや、追いついたわけではなく、グランジュテのひと跳びでわたしを追い越し、そのあとはずっとわたしの先を走っていたのかもしれない。

小学生のときから彼女の才能は際だっていた。いくつもの児童コンクールで賞を取った。その頃は、素直に彼女の活躍を応援できていた。

けれども妹が中学生になる頃には、わたしは彼女の踊りをなるべく見ないことに決めた。五歳も年下の子を意識しても仕方がない、そんなふうに自分に言い聞かせて。

だが、年齢差なんて才能の前ではまったく無意味だった。

わたしの方が長く練習しているのに、ジュテの高さもパの正確さも、表現力ですら、妹の方が上だった。

「たぶん、わたし、負けたの。妹にではなく自分に」

フランス語では「負ける」は「失う」と同じ単語だ。だから、自分の発したことばは、わたしの耳にはこう聞こえた。

——わたしは失った。

わたしが必死にあがいて、やっと辿り着く場所に、朝美はひどく軽やかに到達する。それだけではなく、そこでもう一度跳躍して、もっと先まで。

もちろん彼女だって努力している。毎日練習をしているのはわたしと同じだ。だが、彼女の努力は新鮮なスパイスのように、一振りで鮮やかな効果を上げる。わたしの努力はしけった胡椒《こしょう》のようなものだ。どんなに振りかけても、たいして味は変わらないのだ。

自分に届く範囲で頑張ればいい。そう思う気持ちは、本当の才能を目の前で見せつけられ続けて、折れてしまった。

一年前に、「もうやめたい」と言ったとき、母は止めはしなかった。母だって、わたしに才能がないことはわかっていたのだろう。

母の教育の結果は、妹がちゃんと出してくれた。だからわたしがやめたって母の努力は無駄にはならない。

それでも心のどこかで、過去のわたしが悲鳴を上げる。

――わたしがあんなに頑張った時間は、いったいどこにいってしまうの？

友達と遊びに行きたかった。お菓子だって食べたかった。疲れた日は練習なんかせずに眠っていたかった。

頑張ったことに感謝する日なんて、結局こないのだ。

「たとえば小説家は、小説が書きたいと思うから小説家になるんでしょう。画家も絵を描きたいという衝動にかられて、絵を描く。大人になってはじめたっていい。でも、クラシックバレエのダンサーは、踊りたいと思う前から訓練させられる。子供のときから訓練して、そうして才能のある子を見つけ出して、振り分ける。もし、大人になってからバレエダンサーになりたいと思っても、もう遅い。そういうシステムになってる」

そうして一握りの才能を見つけるために、ほかの子供たちの努力は簡単にうち捨てられる。

それは砂金と砂の違いみたいなものだ。わたしはただの砂だった。

アンナが口を開いた。

「ピアノとか、ヴァイオリンもそうね。子供の頃から訓練しないと、プロにはなれない。日本の伝統芸能、ノウとかカブキとかはどうなの？」

「ああいうものも、もちろん子供のときから訓練するわ。でも、少し違う。普通の子供が歌舞伎役者を目指すために、小さいときから練習させられることはない。訓練するのはそういう家に生まれた子で、そういう子はあまり脱落せずにプロの歌舞伎役者や能楽師になる」

「それもずいぶん変わってる」

「そうね」

けれども、能や歌舞伎のシステムならばわたしのような脱落者を出すことはない。

自分で望んで目指して負けたのなら、納得できる。でも、子供の頃のわたしには選ぶことなどできなかった。押しつけられて、それでもその先になにかがあるのならと思って頑張ったのに、結局そこにはなにもなかった。

そのことに心が納得できないでいる。

アンナはしばらく考え込んでいた。やがて口を開く。

「たぶん芸術というもの自体が、犠牲を必要としているのよ」

いきなり投げかけられた観念的なことばに戸惑う。彼女はもう一度言い直した。

「バレエというものが、あなたみたいな人を必要としているの。あなたのように振り分けられた人がいるから、一握りの才能が見つけ出せた。あなたのことばを借りれば、砂を拾い集めなければ砂金は見つからないの。カブキのシステムは違うけど、そのシステムではカブキは作れても、バレエは作れないわ」

それは理屈ではわかっている。でも心が納得しないのだ。そう言いかけたとき、アンナは続けてこう言った。

「だから、あなたもバレエという芸術の一部なのよ」


十二月のバスクは、パリよりも少しだけあたたかかった。

たぶん、日本と同じくらいだろう。日本からきたら、別にあたたかいとは感じなかったかもしれない。

だが、寒々しい冬のパリからきた身体には、この「少し」がとても心地いい。

ドイツからきた朝美にとっては、それ以上だったらしい。コートを脱いで、セーターだけでずんずん海辺を歩いている。

「あったかーい。きてよかったあ」

うれしそうにそうつぶやく。

サン・ジャン・ド・リュズという海辺の街にわたしたちはきていた。白くて可愛らしい家の並ぶ大西洋に面した街。夏は、バカンス客で賑《にぎ》わうらしいが、冬はひっそりとしている。

それでも、絵のような街並みや海の色は冬でもそんなに変わるはずはないだろう。

「あと、十五分電車に乗ればスペインらしいよ。明日でも行ってみる?」

「行きたい、行きたい。スペインにタッチしたい」

相変わらず子供っぽいことばかり言うけれど、朝美の仕草や表情には、ずいぶん大人らしさが滲《にじ》んでいる。子供っぽいふるまいは、家族限定かもしれない。

駅の近くのマルシェを冷やかしたあと、素っ気ない佇《たたず》まいのレストランで昼ご飯を食べた。まるで学校の食堂のように、長いテーブルと机が三つ並んだだけの愛想のない店だったのに、出てきた料理は絶品だった。茹《ゆ》でた海老《えび》だとか、ピペラードというピーマンの煮込みを混ぜたオムレツなどをふたりで分け合って食べた。デザートのプラリネを混ぜたアイスクリームもおいしかった。

そのあと、ふたりで海辺に座って話をした。

「お姉ちゃん、バレエやめちゃったんだね」

わたしがバレエをやめたのは、朝美がハンブルクに行ってからだった。彼女の目の前でそれを言い出したくなかったのは、せめてもの姉の矜持《きょうじ》みたいなものだ。

「やめてよかった?」

そう聞かれてわたしは笑った。

「まあ、今のところはね」

「朝美、お姉ちゃんのバレエ、好きだったな。子供の頃、お姉ちゃんみたいに踊れたらなってずっと思ってた」

少し前なら卑屈な受け取り方しかできなかったかもしれない。今でも素直に受け入れるのには、少し心の手続きがいる。

年齢差があるから、バレエをはじめた頃の朝美にとってわたしが目標だったのは、当然のことだろう。その頃から追い抜かれていたら、あまりにも惨《みじ》めだ。

でも、こう考えてみることもできる。たとえ、それが一瞬でも、わたしの踊りが彼女に影響を与えて、それが今の彼女につながっているのなら、わたしの努力も無駄ではなかったのだと。

もしかして、もっとバレエがへたくそな姉だったら、朝美は踊る気にもならなかったかもしれない。

わたしは前から朝美に聞いてみたかったことを、口に出した。

「朝美、オペラ座でバレエ観たい？」

「ええっ、観たい、観たい！」

休みのあいだまでバレエのことは考えたくない、という答えが返ってくるかもしれないと思ったが、朝美は目を輝かせた。

「今、ライモンダやってるから、帰ったら観に行こうか」

「嘘、うれしい。憧れのオペラ座！」

たぶん、わたしに気を使って行きたいと言い出せなかったのだろう。朝美は驚くほどはしゃいだ。

「でも、たぶんてっぺんの席しか残ってないよ。六ユーロの」

「てっぺんでもいいよ。六ユーロでライモンダが観られるなんて、ラッキー」

ふいに思った。この子はバレエに愛されているけれど、その分バレエを愛してもいるのだ。

4

それは三月の半ばのことだった。

重苦しかった冬の空気が少しずつゆるみ始め、寒さの中にも春の気配が漂いはじめた頃、わたしがあらかじめ申請していた滞在期間は終わった。だが、パリマラソンに出るために、わたしは半月滞在を延長していた。

今では練習でも三十キロくらいは走れるようになっていた。タイムはそれほど自慢できるものではないが、完走することはできるだろう。

授業も終わり、わたしは毎日美術館を観て歩いて過ごしていた。パリには山ほど美術館がある。一日ひとつずつ訪れても、一ヶ月ではまわりきれないだろう。

一ヶ月ほど前から、アンナを見かけないことは少し気にかかっていた。だが、彼女とはしょせん、ランニングの最中にことばを交わすだけの関係だ。彼女がコースや走る時間を変えてしまえば、もう会う機会はない。

だから、その日、ノックの音を聞いたときも、まさかアンナだとは思いもしなかった。

ドアを開けて、わたしは驚いた。

「アンナ……、どうしたの?」

彼女はいつものようなランニングウェアではなく、ベージュのコートを着ていた。ベガも連れていない。

わたしは彼女を部屋に入れた。

「紅茶と日本のお茶、どっちがいい？」

そう尋ねると、彼女は前にきたときを思い出したのか、少し笑った。

「日本のお茶がいいわ。おいしかったから」

この前のことばはお世辞ではなかったようだ。わたしはお湯を沸かして、焙じ茶を淹《い》れた。

マグカップを受け取ると、彼女は寂しげに目を伏せた。

「ユウ、今日はお別れを言いにきたの」

「え？」

「明後日《あさって》、チェコに帰るの」

恥ずかしいことに、そのときまでわたしはまったく気がついていなかった。彼女がフランス人ではないということに。

「チェコ……」

たしかに思い当たることはある。はじめて会ったとき、彼女のことばがとても聞き取りやすいと感じたこと。あれはフランス人のように早口で喋るのではなく、平易な単語を丁寧に発音してくれたからだったのだ。

わたしは彼女をこの街の人だと思い込んでいた。だが、彼女があんなに親しみを見せてくれたのは、同じ異邦人だったからかもしれない。

「そう……チェコに帰るの……」

どう答えていいのかわからず、彼女のことばを鸚鵡《おうむ》返しに言う。だが、続いて彼女の口から出たのは、もっと思いもかけないことばだった。

「ベガが死んだの」

「ベガ……が？」

抑えていた感情が堰《せき》を切ったように、彼女はわっと泣き出した。

自然に彼女を抱き寄せていた。日本人の常で、肌を寄せるスキンシップは苦手だったはずなのに。

「ベガが死んで……もうパリにいられない。この街はあの子の思い出でいっぱいだから……」

彼女はわたしの肩にもたれかかって、啜《すす》り泣いた。

「二週間前、あの子、いきなり倒れて動かなくなったの。急いで獣医さんのところに連れていったけど、間に合わなかった。あんなに大きかったのに、まるで縮んでしまったように小さくなって……死んでしまった」

その光景が目に浮かんで、わたしの鼻の奥も熱くなる。

「獣医さんに聞いて、はじめて知ったの。あの子、心臓が悪かったの。普通より心臓が大きくて……たぶん生まれつきだって。まだ二歳だったから」

彼女はまた声をあげて泣き出した。

「わたしのせいなの。わたしが毎日走らせたりしたから……だからあの子、まだあんなに若くて……」

「アンナのせいじゃないわ」

アンナはわたしのことばにも首を横に振った。

「いいえ、わたしのせいよ。運動すればするほど、心臓は弱っていくの。走らせたりしなければ、あの子、きっともっと長生きできたのに……」

「アンナ……」

わたしは強く彼女の肩を抱いた。

「でも、ベガ、あんなに楽しそうだった」

走っているときのベガは、だれが見ても笑っていた。目を細めて、口を大きく開いて。

「ベガはうれしかったのよ。あなたと一緒に走れて……」

たしかに走らなければ、長生きはできたかもしれない。それでも思うのだ。もし、ベガにどちらかを選ばせたら、彼女はアンナと一緒に走ることを選んだのではないかと。

アンナは洟《はな》を啜り上げながら、それでも頷いた。

「あの子……大好きだったわ。走ることが」

そう、そして一生も、走るようにあっという間に駆け抜けてしまった。わたしは何度も彼女の背中を撫でた。

「ベガはきっと今でも天国で走りながら笑ってるわよ」

彼女はかすれた声で、つぶやいた。

「そうだといいんだけど……」

それから、ポケットを探って小さな星のチャームを取り出した。それをわたしの手のひらに載せる。

「これ、ユウに……。ベガのことを覚えていてくれる?」

「もちろんよ。でも……いいの?　わたしがもらって」

「わたしにはいろいろあるの。首輪とか大好きだった水飲み皿とか。だから、これはユウが持っていて。ベガはユウが大好きだったから」

わたしはそれを握りしめた。冷たいシルバーの感触。

「大事にするわ」

アンナはハンカチで洟をかむと、ベッドから立ち上がった。

「もう帰らなきゃ。荷造りがまだ済んでないの」

わたしは机に駆け寄った。

「ちょっと待って」

ノートのページを破って、そこにメールアドレスと日本での住所を記す。

「わたしも来月には日本に帰るから……よかったらメールちょうだい」

彼女はわたしの渡したノートの切れ端を、きれいに畳んで財布の中にしまった。

「ありがとう。必ずメールするわ」

わたしは彼女を下まで送っていった。

ドアの前で自然にハグをした。

「いつか、チェコに遊びにきてね」

「ええ、行くわ」

彼女はわたしの頬にキスをすると、通りに出た。背を向けて歩き出す。

歩いて遠くなっていく彼女を見るのははじめてだった。

いつも、彼女は走っていたから。


四月とはいえ、パリはまだ肌寒い。それでもあちこちに緑が芽吹き、花は開いていく。

パリマラソンの日、わたしは朝の六時に起きて軽く朝食を取った。日曜日はもちろんいつものパン屋は休みだから、残念ながらシリアルだ。

帰りの飛行機は明日、つまり今日がわたしのパリ、最後の日になる。

荷造りはもうほとんど終わらせた。部屋には歯磨きや着替えなど、必要なものだけしか出ていない。

ジャージにプランタンで買ったランニングシューズという、いつもの恰好《かっこう》で、わたしは家を出た。

一号線に乗って、凱旋門に向かう。最初にパリを観光した日も同じコースを通った。最後の日曜日も同じだなんて、偶然とはいえおもしろい。

凱旋門は見たことがないほど多くの人で埋まっていた。三万五千人という人が参加するのだから、当たり前とはいえ、やはり戸惑ってしまう。

自分の予想タイムの出発場所に向かう。エントリーをしたのは去年の十月だから、五時間で登録してしまったが、今ならばもっと速く走れるかもしれない。

まわりはほとんどフランス人か、その他のヨーロッパ人だ。日本人もいるとは聞いていたけど、わたしのまわりには見えない。

わたしの胸には、ベガの星形のチャームがかかっている。BHVで革紐《かわひも》を買ってきて、ネックレスにした。これを下げていたら、ベガがあの笑顔で守ってくれる気がした。

スタートの合図があり、人混みが少しずつ動き始める。わたしもゆっくり走り出した。

そのままシャンゼリゼ通りを東へ進む。いつもは両脇を歩いているシャンゼリゼのど真ん中を走れるのは気分がいい。これだけでも、パリマラソンに参加した価値がある。

いつもひとりで走っているから、まわりの人のペースが気になる。落ち着いて、自分のペースを乱さないように、走り続けた。

コンコルド広場を抜けて、リヴォリ通りに出る。ここは、ルーブルに行くとき通った。沿道には観客がひしめき合っている。声援が飛び交う。

高級感のある街並みが、少しずつ庶民的なものに変わってくる。リヴォリ通りも、ルーブルの近くと、バスチーユに近づいてからでは、まったく雰囲気が変わる。

ずっと閉鎖したままのサマリテーヌの横を通り過ぎ、マレ地区を通る。昨日、最後の買い物にきたBHVを横目で見た。やはり、わたしはプランタンやギャラリー・ラファイエットよりもこのデパートの方が好きだ。

バスチーユの塔が見えてくる。バスチーユ広場を通り過ぎれば、馴染みのある街が近づいてくる。

半年経っても、わたしにとってのいちばん親しいパリはシャンゼリゼやオペラ座ではなく、このバスチーユの東側だ。でも、それでいい。それがわたしの見つけたパリだから。

給水ポイントで水を取り忘れないようにチェックする。ここまでは順調にいっている。

次に見えてくるのはナシオン広場。わたしの地元だ。

ふいに聞き覚えのある声が響いた。

「ユウー！」

手を振っているのは、真由やソンファ、クラスの仲間たちだ。わたしも手を振って、声援に応える。

この道からヴァンセンヌの森にかけては、わたしの庭のようなものだ。自然にペースが速くなる。

胸のネックレスに話しかける。

――ここ、一緒に走ったよね。

ベガが笑った気がした。ふいに、自分がベガになったような錯覚に陥る。

金色の毛を揺らして、前を走る大好きなアンナを追って、弾むように走る。

四つの足での駆け足は、きっと二本の足よりもリズミカルだ。それを想像すると、毛穴のすべてが幸福で満たされる気がした。

わたしも金色の風になる。

いつの間にか、ヴァンセンヌの森に入っていた。シャンゼリゼ通りではあんなに、人でいっぱいだったのに、いつの間にかまわりの人たちはまばらになっている。

これもルーブルと一緒だ。薄まるのだ。パリという街の中で。

人が少なくなり、走りやすくなったのをいいことに、わたしは無心で駆けた。

ベガと一緒に、ベガになって。

ふいに思った。たぶん、走ることは祈りに似ている。

身体の隅々まで酸素を行き渡らせて、身体を透明にして、祈る。

思えば、踊ることもそうだった。踊るのをやめてから、なにもかもがぎこちなく感じられたのは当然のことかもしれない。

ヴァンセンヌの森を抜けた。まだ半分にも満たない。

そろそろ息が荒くなってくる。いちばん苦しくなる時期だ。踊っているときにも、こんなことがあった。

泣きたいほど苦しくて、やめたくて、どうしてこんなことをやっているんだろうと思って。

そう、なにもかもが同じで、繰り返しだ。わたしたちは同じことを繰り返す。

でもわたしは知っている。ここを越えれば、また幸福を感じる時間がやってくる。

思い出した。踊っているときもそうだった。

苦しいことしかなかったような気になっていたけど、何度も踊りながら幸福を感じた。

音とひとつになる幸福、拍手を浴びる幸福。

最終的には結果は出せなくても、そのたびにひとつひとつ、努力の対価の幸せは与えられていた。

どうして忘れていたのだろう。悲しいことばかりを思い出してしまったのだろう。

知らぬあいだに涙が浮かんでいた。

わたしはそれを手の甲で拭って走り続けた。

コースはセーヌの川縁《かわべり》を走る。これまでと違って道幅が狭くなり、走りにくい。疲れはじめてきた身体が、ぎしぎしと軋《きし》みはじめる。

わたしは、呼吸を整えることに集中した。

苦しさは、堪《こら》えるのではなく、ただ受け止めて、そういうものだと思う。

もう二十五キロ以上も走っているのだ。苦しくても当然。そう思った方が、我慢するよりも楽だ。

少しずつ身体がまた熱くなってくる。いい傾向だ。これを過ぎれば、きっとまた楽になる。

自分の身体がはっきりとわかる。だから、まだまだ走れる。

呼吸が落ち着いてきて、苦しさが身体の中で溶けていく。

今まで見ていなかった時計に目をやった。

二十五キロを過ぎて二時間四十分。なかなかいいペースだ。たぶんこれだと、四時間半くらいでゴールできるだろう。

遠くにエッフェル塔が見える。はじめて見たときは、心を動かされなかった風景なのに、今はとても輝いて見えた。

迷宮の松露

その土の壁の迷宮で、わたしは毎日のように迷った。

迷うために朝、ベッドから起き出し、迷うために服を着て化粧をし、そして迷うためにホテルを出て行く。

最初は怖くて仕方がなかった、今いる場所がわからないという状態にも、いつしか慣れた。自分の足で歩いているのだから、たとえ迷っても何十キロも遠くまで行くはずはないし、それにどんなに迷ってもこの街からは出ていない。

大したことではない。迷うことなんて。

すれ違うのは人と、荷物を積んだロバ。この乾いた迷宮には車もバイクも入ることができない。迷うことが許されているのは、人だけだ。

帰りのことは考えなかった。

まだこの国にきて二週間しか経《た》っていない。五年間、遊ぶ時間もなく、ひたすらに働いていたから、まだお金の余裕もあるし、ビザなしで滞在できる期間は三ヶ月で、まだこの先も時間はある。

たぶん、わたしはなにも考えたくなかったのだ。

道に迷っていれば、頭の中は正しい道を探すことでいっぱいになる。帰ってからどうするのとか、どうして自分はここにいるのとか、そんなことはすべて忘れていたかった。

足がじんじんするほど歩き回り、スークの屋台でオレンジジュースを一杯飲む。ホテルに帰って砂で汚れた足を洗う。すっかり馴染《なじ》みになったレストランで、タジンとホブスや、クスクスを食べる。

そして、ベッドに潜り込んで、朝までぐっすりと眠るのだ。


モロッコにしばらく行ってくる、と告げたとき、両親は驚いた顔をした。

父はすぐに治安の心配をした。イスラム教の国だというだけで、テロとかそういう心配はないのかと繰り返し聞いた。わたしは、モロッコは治安のいい国で、日本人女性の一人旅なども多いと説明した。

話す前までは、猛反対されると思っていた。だが父も母も、心配はしたものの、頭ごなしに行ってはいけないとは言わなかった。

母は「ツアーで二週間くらい行ってきたら?」と言ったが、今のわたしには大勢で行動することそのものが苦しかった。決まった予定にも耐えられそうになかった。

結局、安ホテルではない、大きめのホテルに泊まって、毎日メールで連絡をすることを条件に、許してくれることになった。

たぶん、父も母も気づいていたのだと思う。わたしの精神状態がいっぱいいっぱいだったということに。

なぜモロッコだったのかは今でもわからない。

日本を離れて、遠くに行きたいと思ったのはたしかで、そう考えたとき頭に浮かんだのは砂漠だった。自分に馴染みのない文化を持つ、乾いた土地に行きたかった。

危険な場所に行く勇気はなかったし、食べ物だっておいしい方がいいと思った。そう考えてモロッコを選んだ。

訪れて、ずいぶんイメージと違う、と思った。

カサブランカからフェズに向かう列車の車窓からは、緑にあふれた大地が見えた。砂漠に行くのには、フェズやマラケシュという都市から離れて、七、八時間も四駆で走らなければならないなんて知らなかった。

当然、個人旅行では行くことは難しい。

人々だってそうだ。敬虔《けいけん》で無口なイスラム教徒ばかりいるイメージだったけれど、ひとりで歩いていると、ナンパばかりされた。

「あなたみたいなきれいな人に会ったことはない」なんて、片言の日本語で言われたこともあった。

もちろん、自分が美人の範疇《はんちゅう》に入るはずがないことなんてわかっている。

イスラム教徒同士だと、結婚する前に付き合うなんてできないから、手軽に遊べる相手は外国人の異教徒しかいないのだと、何度かモロッコを訪れている日本人旅行者に聞いた。

イメージとは全然違うし、失望もしたけれど、なぜか帰りたいとは思わなかった。

日本とは違う匂いと、眩《まぶ》しいほどの日差し、そしてなにより、迷宮のように入り組んだメディナに幻惑された。呼ばれたのだと思った。

一週間、毎日歩き回っても、すべてを見ることはできなかったし、いっこうに飽きることはなかった。

まだ帰るつもりはなかったけれど、自分がなぜここにいるのかはわからなかった。

ほとんどの友達には、モロッコにいることは告げていない。カサブランカに着いたばかりで舞い上がった気持ちのとき、届いたメールに一度だけ返信した以外は。

「今、モロッコにいるの。いつ帰るかは決めていない」

そうメールすると、友人からの返信にはこう書いてあった。

「自分探しの旅？」

もちろん、彼女に悪気などないことはわかっている。わたしの精神状態を彼女が知っているはずもないし。

それでもそんなお手軽なことばで表現されたことに、わたしは傷ついた。

いや、傷ついたのは、まさにわたしの旅が、多くの人にとってそういうことばで表現されるものにすぎないことを、目の前に突きつけられたからかもしれない。

違うと証明することなど、どうやってもできない。

自分を探すよりも自分を失ってしまいたかったのだと言いたかったけれど、そう言って結局わたしがいるのは、治安のいいモロッコの、ダニもノミもいない快適なホテルの部屋だ。

命の危険があるような場所に行く勇気も、ドミトリーの男女混合の部屋で眠る勇気もない。自分で四駆を借りて、砂漠に向かって出発することすらできない。

可愛《かわい》らしい雑貨を探しにきて、三日くらいで帰ってしまう女の子たちと少しも変わらない。

体調不良に悩まされることもなく、むしろ毎日歩き回っているせいか、食欲もあって、夜はぐっすり眠れた。

ここ一年間ほど、ゆっくり眠れたと感じることなどほとんどなかったのに。

日本から、カタールで乗り継ぎをして、モロッコまでほぼ、丸一日。長時間のフライトと時差で、わたしの体内時計は完全にかきまわされた。

正常だった人なら体内時計の不調に悩まされるのだろうけれど、わたしの自律神経はもともとめちゃめちゃに狂っていた。

どんなに疲れていても、ベッドに入って眠れるのは、二、三時間で、一度目が覚めてしまえば、もうなかなか眠れない。眠れないのに、起きているときはずっと眠かった。

今では、夕食をすませて部屋に帰ると、そのままベッドに倒れ込んで朝まで眠る。

ホテルの部屋ですることがないというのも、大きな理由かもしれない。

テレビはあったが、アラビア語もフランス語もわからない。ぼんやり眺めていても、すぐに眠くなった。

だから眠った。記憶が混濁して、夢と現実の境目も曖昧になってしまうくらい、深く、長く。

昼間はメディナで迷って、夜は夢の中で迷った。

モロッコに来てから、なぜか祖母の夢をよく見るようになった。

小学五年生の一年間、わたしは母方の祖母に預けられた。母が子宮癌《がん》になったことがきっかけだった。

母は入院と手術、その後も抗癌剤治療をすることになった。父は大学病院の勤務医で、夜勤や外勤なども多く、わたしの面倒をひとりで見ることは困難だった。

祖母は京都の古い日本家屋に住んでいて、着物の着付けを自宅で教えていた。わたしはその家と祖母が大好きだった。

「京都のおばあちゃんとしばらく暮らしてほしい」と言われても、それほど不安な気持ちにはならなかった。

祖母は美しい人だった。子供だったわたしには、最初、祖母の美しさがよくわからなかった。きれいなのは若い女性だけだと思っていたのだ。ただ、町で見かける同じ年代の女性と、祖母はどこかが違うと思っていた。

気づいたのは、母が入院する前の年、小学四年生の夏休みだっただろうか。夏休みに祖母の家に遊びに行ったわたしは、藍の浴衣《ゆかた》を着て、軒下で夕涼みをしている祖母を見て、はっとした。

その夜、母に聞いてみた。

「ねえ、おばあちゃんって……美人だよね」

母は目を見開いて大きく頷《うなず》いた。

「そうなのよ」

それから母はまるで堰《せき》を切ったように話しはじめた。

若い頃の祖母は、まるで女優のように華やかな美人で、近所でも評判だったのだという。その年齢にしては背も高かった。母は、ごく普通の容貌をしていた。

「きれいな母が自慢で、でも、コンプレックスだった。だって、子供のとき何度も言われたんだもの。『お母さんには似ていないわね』って」

わたしと母はよく似ているから、母の感じた痛みはわたしには少し遠かった。それでも大人が平気で子供の心を傷つけることは知っていた。

「なんで、わたしはお母さんに似てないのって泣いて、お母さんを困らせたこともあったわね」

そう言って母はくすくすと笑った。

子供のわたしには、母がそんなコンプレックスを抱いていたことなど想像もできなかった。

「でも、自慢だったのも本当なのよ。小学校の授業参観でもお母さんがいちばんきれいだったのだもの。クラスの友達から『なおちゃんのお母さんきれい』って言われるたびに、鼻が高かった」

自慢であり、コンプレックスでもある。その感情は馴染んだものではなかったけど、理解はできた。

一緒に暮らしはじめてからも、祖母の美しさにはっとすることは多かった。

わたしが朝、目覚めて台所に行くと、祖母はすでにきちんと身支度を調えて、朝食を作っていた。

紬《つむぎ》か、木綿《もめん》の着物に半幅帯《はんはばおび》を締めて、襷《たすき》に前掛け、もしくは割烹着《かっぽうぎ》を着て、包丁の音を響かせていた。

日曜などは、午前中から廊下にぞうきんをかけたり、あちこち拭き掃除をしていた。働き者だった祖母だけど、一方で身支度にも手を抜かなかった。どんなに暑くても、きっちりと和服を着込んで、半幅帯を締めていた。出かけるときにはその帯が、お太鼓結びに変わる。夏は三日に一度、冬は五日に一度、美容院にも行っていた。髪は染めずに白いままだったし、年相応の皺《しわ》はあったけれど、祖母は美しく装うことが好きだった。

京都の人らしく倹約家で、外食などほとんどしなかったし、買い物に連れて行ってもらったときも、野菜がいつもより高いと絶対に手を出さなかった。電化製品や日用品も古いものばかりだった。

そんな祖母が、唯一目尻を下げて買うのが、お菓子だった。

わざわざバスに乗ってまで、遠い店にも買いに行き、家に帰って機嫌良く、お茶を淹れるのだ。揺らせば、ぷるぷるとはかなげにふるえるわらび餅。たっぷりと黒大豆の入った、少し塩気のある豆大福。ひんやりと舌の上で溶ける金平糖《こんぺいとう》。一緒に暮らしている間、わたしは祖母と一緒に、美しくて手の込んだ、京都のお菓子たちを堪能した。

飴《あめ》ですら、これまでおやつに食べていたものとは全然違った。

くどい香料の匂いしかしない大量生産の飴しか知らなかったのに、祖母が手に握らせてくれる飴は雑味がなく、澄んだ味がした。

一緒に、甘味屋に出かけることもよくあった。夏は本物の抹茶を使った宇治金時《うじきんとき》。氷は向こうが透けるほど、薄くカンナでかかれていて、口に入れた瞬間に、泡雪のように消えてなくなった。

古くて薄暗い店に食べに行ったくずきりは、漆塗りの器の中で透き通っていた。祖母は値段のことなどは言わなかったけど、子供のわたしにも、それが上等なものであることはおぼろげにわかった。

家にいたときに食べていたお菓子と、なにもかもが違った。これまで、外で甘いものを食べたのは、喫茶店やファミリーレストランでのケーキやパフェくらいで、お店の空気からなにからが、祖母が連れて行ってくれる店とは全然違った。

父も母も、それほど甘いものが好きではなかったから、わたしは子供向けのお菓子しか食べたことがなかった。

一年後、母は癌との闘病に打ち勝つことができた。わたしも東京の家に戻った。

祖母にはとても大事にしてもらった。母の病気という大事件を前にしても、わたしが元気でいられたのは祖母に愛してもらったからだと思っている。

なのに、今、わたしは祖母のことを思い出すのがつらいのだ。

懐かしい思い出だったはずなのに、祖母のことを考えると、心臓が握りつぶされるように痛んで息苦しくなった。どうしてかはよくわからなかった。

祖母は、わたしが就職して二年目に亡くなった。真夏に肺炎を起こし、入院してたった一週間で、息を引き取ってしまった。

仕事が忙しくて、わたしはお見舞いにも行けなかった。

それでも、葬儀の棺《ひつぎ》の中、花に埋もれて眠る祖母は、わたしの思い出の中と変わらずに、とてもきれいだった。

フェズのメディナでいちばん居心地がいいのはカフェである。くたびれた足を休めて、息をつく。

ミントの葉がたっぷりと入ったミントティーとモロッコ風のお菓子で、くたびれた足を休めて、

カフェにいる現地の人は、ほとんど男性で、深くスカーフをかぶった女性を見ることはまれだったが、観光地だけに日本人がいることには慣れているようで、特に無遠慮な視線を浴びることはなかった。

ミントティーは熱く、びっくりするほど甘かった。最初はぎょっとしたが、なぜか乾いた暑さの中ではこの甘さが心地よく感じられた。

モロッコのお菓子もそうだ。どれも舌が溶けるくらいに甘い。

それでも小さいサイズだから、ぱくりと食べられる。どれも、ココナツオイルと砂糖、ナッツがたっぷり使われていた。

少し和菓子に似ている気がした。小豆《あずき》や白インゲンなどの代わりに、ナッツが使われているというのが大きな違いだ。

ピスタチオのたっぷり詰まったクッキーのようなもの、オレンジの香りの粉砂糖のお菓子、蜜のかかったパイのようなもの。名前を聞くことはできなかったけれど、「これ」と指させば簡単に買

えた。

そういえば、ミントティーに使われているのも紅茶ではなく緑茶で、少しだけ日本と同じ香りがした。

だが、ナッツの入った油っこいお菓子と、砂糖たっぷりのお茶は、どちらも日本の文化とはほど遠いところにある。少し似ているだけに、その違いは大きく感じられた。

仕事でほとんど自分の時間もなかった五年間も、一杯のお茶とお菓子で休憩するひとときは、わたしにとって大切な時間だった。五分とか、三分とかそんな時間だったけれど、それがなかったら、わたしはもっと早く壊れてしまっていただろう。

その日も、わたしはメディナの中のカフェで、お茶をしていた。

そのカフェは、ちょうど歩き疲れて休みたくなる場所にあるから、これまでも何度か立ち寄っていた。すっかり顔馴染みになった店主が「コンニチワ」「アリガト」などと声をかけてくれるのも、うれしかった。

今日は、ショーケースの中からお菓子をふたつ選んだのに、運ばれてきた皿には三つお菓子がのっていた。「間違っている」と手でジェスチャーすると、「これはぼくからだ」というジェスチャーが返ってくる。

よく訪れるからサービスしてくれたようだ。

主人がおまけしてくれたのは、デーツの中になにかが挟まったお菓子だった。デーツはナツメヤシの実で、モロッコではポピュラーなドライフルーツだという。だが、茶色く乾いた見かけがあまり美しくなく、これまでは食べたことがなかった。

おそるおそる口に含むと、ねっとりと甘い。上等のあんこのようだ、と思った。

どこかで食べたことがある。記憶の中に甦《よみがえ》ってきた味を探す。

頭に浮かんだのは、祖母がお茶の時間に出してきた、小さな箱だった。

白くてつるりとしたきれいな丸。一見、堅く見えるのに歯を立てれば、それはほんの表面だけだ。内側にはねっとりとした餡《あん》が詰まっていた。

東京では食べたことのないお菓子だった。

「これ、なんて言うお菓子？」

そう尋ねると、祖母は答えた。

「松露《しょうろ》と言うんよ」

「しょうろ？」

「松の露という字を書くんよ」

祖母は、包み紙を裏返して、そこにきれいな字で書いた。松露。

和菓子には美しい名前が付いていることが多いけど、これもあまりにも美しい。あんこに白い蜜をかけたものを、松の露と呼ぶなんて。

デーツと松露はまるで違うものだけど、薄皮の下にねっとりとした甘さが潜んでいるところが少し似ていると思った。

なぜか、どうしようもなく泣きたくなって、私は残りのお菓子を口の中に押し込んだ。

そのとき、通りを日本人がふたり、歩いてくるのが見えた。三十代くらいの男性と女性。夫婦だろうか。

ひどく疲れ切った顔をしているな、と思った。男性の方がわたしに気づいて、目を見開いた。駆け寄るように近づいてくる。

「すみません。日本の方ですよね！」

こんなふうに話しかけられるのは珍しい。海外で出会った日本人同士は、たいてい気まずそうに目をそらす。わたしもあえて、日本人と話したいとはあまり考えなかった。

「そうですけど……」

「道に迷ってしまったんです。もう二時間くらい歩いてて……、五時にはホテルに帰らないと、人と約束をしているんです」

わたしは時計を見た。もう四時半近い。

カフェからメディナの出口までの行き方はわかるが、入り組んでいてとても口では説明できない。ちょうどミントティーも残り少しだった。わたしはそれを飲み干すと立ち上がった。

「わたしもちょうど帰ろうと思っていたんです。一緒に行きましょうか」

「助かります。本当にありがとうございます」

今度は女性が頭を下げた。

話を聞くと、ふたりはわたしと同じホテルに泊まっているようだった。

「わあ、すごい偶然ですね！」

女性は目を細めて笑った。

ふたりはやはり夫婦で、森崎《もりさき》という姓を名乗った。わたしも自分の姓のみを告げる。

「柳《やなぎ》です」

感じのいい人たちだった。歩きながら、ひさしぶりに日本語で話をした。

昨日フェズに到着したばかりだという。そして、明日の午後にはもうマラケシュに旅立ってしまう。

これまで何度かすれ違った日本人は、みんなそんな旅程で旅をしていた。わたしのように、好きなだけ滞在できるというのは、やはり恵まれているのだ。

「柳さんは、何日くらいいらっしゃるんですか?」

「フェズにはもう十日くらい……それからマラケシュに行こうかと思ってます」

そう言うとやはり驚いた顔をされた。

「それで道をご存じだったんですね。軽い気持ちで散歩に出て、えらい目に遭いました」

旦那さんの方が本当に疲れ果てたという口調で言った。

たしかにフェズのメディナの入り組み具合は普通ではない。まさに迷宮の名にふさわしい。わたしもいまだに、決まった道しかわからない。

森崎夫妻は、一週間の日程でモロッコを旅していると言った。ツアーではあるが、添乗員なども おらず、ホテルから駅の送迎にドライバーがつき、ときどき観光にガイドがつく程度の小規模なツアーで、参加者は夫婦ふたりだけだという。

砂漠にも行ったという話を聞いて、少し羨ましくなる。ふたりはラクダで砂漠の民、ベルベル人のテントまで行き、そこで泊めてもらったという。

「シャワーもないし、トイレも野外ですよ。でも、それでも星はきれいでしたけど」

奥さんはそう言って笑った。

ホテルに到着すると、ふたりは何度も礼を言った。

「本当に助かりました。お世話になった人に会う約束をしていたんで、遅れたくなかったんです」

「お役に立ててよかったです」

わたしもひさしぶりに日本語で喋《しゃべ》れたことがうれしかった。

モロッコにきたばかりのときは、誰とも話したくなかったのに、少し人恋しくなったのだろうか。

ふたりとはロビーで別れて、わたしは部屋に戻った。

いつもと同じようにシャワーを浴びたあと、少し休んでから夕食を食べに行くつもりだった。

その日はスークの食堂で夕食を食べた。

活気があるし、なによりも安くつく。今日はひとりよりも賑《にぎ》やかな喧噪《けんそう》の中で過ごしたかった。

揚げたズッキーニや魚などを食べてホテルに戻ってくると、ロビーで森崎さんたちに呼び止められた。

「あ、柳さん、お会いできた。よかった」

うれしげにそう言われて、わたしは戸惑う。ふたりは、ロビーでわたしが帰るのを待っていたようだった。旦那さんがおずおずと言う。

「もしよろしかったらなんですけど、夕方のお礼に一杯ご馳走《ちそう》させていただけませんか？」

「お酒ですか？」

「飲まれませんか？」

「あまり……でも、ソフトドリンクでもいいですよね」

今日は珍しく人と話したい気分だった。ふたりはほっとした表情で視線を合わせた。

モロッコの人々はイスラム教徒が多いから、ほとんどお酒は飲まない。それでも観光客のためにお酒を出す店はある。

このホテルにもラウンジがあり、そこでお酒やジュースが飲めた。

ラウンジのソファでふたりと向かい合った。ふたりはモロッコワインを頼み、わたしはガス入りのミネラルウォーターを頼んだ。

ウェイターが行ってしまうと、奥さんが口を開いた。

「実は、行き違いがあって知人に会えなかったんです。でも、わたしたちは明日には出発しなければなりません」

一瞬、なにか面倒な頼まれごとをされるのかと身構えた。奥さんは十センチ四方ほどの小さな箱を出した。

「柳さん、お酒はお飲みにならないとおっしゃってましたが、甘いものはいかがですか？　和菓子とか」

「大好きです」

そう言うとふたりは笑顔になった。

「実はお土産《みやげ》で持ってきたお菓子があるんですけど、結局渡せませんでした。このまま日本に持って帰るのもなんですし、よかったらもらっていただけないでしょうか」

奥さんはそう言いながら、その箱をわたしの方に差し出した。

「え？　でも申し訳ないですし……」

「わたしたちは明後日《あさって》には日本に帰りますから。柳さんは、まだしばらくモロッコにいるんでしょう？　和菓子が懐かしくなったりしませんか？」

正直なところわからなかった。和菓子が懐かしいのか、懐かしくないのか。ただ、その箱にどこか見覚えがある気がした。

「どんなお菓子なんですか？」

その質問には旦那さんが答えた。

「松露ってご存じですか？」

わたしははっと居住まいを正した。思わず尋ね返す。

「京都の方なんですか？」

「ええ、そうです。ということはご存じですか？」

わたしは頷いた。

「子供のころ、ちょっとだけ住んでました」

わたしは箱を受け取った。

「いただいていいんですか？」

「もちろん」

わたしは礼を言って、包装紙をそっと開いた。箱を開けると、記憶のままの美しい和菓子が並んでいた。雪のように真っ白で堅そうで、でもそのはかなげな蜜の皮の下には甘く煮詰めた小豆が入っている。

「懐かしい。祖母と一緒に食べました。東京に戻ってから、全然見かけたことなかった」

「そうなんですか？　お好きだったらうれしいです」

「大好きです」

わたしはその箱にそっと蓋をした。大好きなのに思い出すと苦しかった。

「名前がいいですよね。松の露だなんて」

そう言いながらも思う。たかがお菓子に過ぎないのに。

それも美しく作られた色とりどりの生菓子ではなく、単にあんこの固まりに砂糖蜜をかけただけのシンプルなお菓子だ。もちろん、それでも手は込んでいるのだろうけど。

わたしにはこのお菓子が、祖母そのもののように思えた。

美しくて、凛《りん》として、松を濡《ぬ》らす朝露のように透き通っている。

そう考えて、やっと気づいた。

わたしは、祖母のように生きたかったのだ、と。

装いに手を抜くこともなく、日々、細々《こまごま》と立ち働いて、まっすぐに背筋を伸ばしている美しい人。

そんなふうになりたかった。

生まれついての容貌はどうにもできないから、せめて心がけや立ち居振る舞いだけでも祖母に近づきたいと思っていた。

だが、できなかった。

大学を卒業して働き始めたのは、まるで嵐にもみくちゃにされているように忙しい会社だった。

残業は毎日終電ぎりぎりまで、ランチですらゆっくり取ることもできずに、気がつけば一日なにも食べないままに終わってしまうこともしばしばだった。

土日も休日出勤がほとんどだったし、たまに休みがあっても疲れ切って、なにもすることができなかった。

わたしの頭の中には、祖母の姿がいつもあった。

祖母は朝から雑巾をかけて、窓を拭いていたし、夜はわたしが寝る時間まで、繕《つくろ》い物をしたり、襦袢《じゅばん》に半衿《はんえり》をかけたりしていた。

愚痴など言わずに、いつも微笑《ほほえ》んで、背筋をぴんと伸ばして。

そのイメージで働いていたのに、わたしはいつしか笑うこともできなくなった。なにを食べてもおいしく感じなくなり、遊びたいとか出かけたいとか、なにかが欲しいという気持ちもなくなっていった。

お風呂に入ることすら、面倒だった。

あるとき、会社のトイレで涙が止まらなくなって、わたしは気づいた。このままだと自分は壊れてしまう、と。

そしてわたしは会社をやめた。そのまま、逃げるようにモロッコまでやってきたのだ。

今になってわかる。わたしは逃げたかったのだ。祖母を思い出すすべてのものから。

わたしは祖母のように美しく、凛としていることができなかった。和菓子を見ても、日本家屋を見ても、祖母を思い出すから、日本を離れたかった。

旦那さんは、くすりと笑った。

「いいえ、違うんですよ。松露って、松の露じゃないんです」

「え……？」

「松露って茸《きのこ》なんですよ」

わたしは、ぽかんと口を開けて、彼を見た。

「茸……ですか？」

「そうです。その茸に形が似ているから、松露という名前がついたんです」

わたしはもう一度蓋を開けて、松露を見た。

「こんなふうに白くてきれいな茸なんですか？」

たとえば、ホワイトマッシュルームのような。

「いいえ、真っ黒でごつごつした不格好な茸です。味は最高においしいらしいんですけど」

「松の根元に生えるから、松露と言うのよね」

奥さんがそう旦那さんに確認する。わたしは驚きを隠せなかった。

「不思議ですよね。こんなきれいなお菓子なのに、そんな不格好な茸の名前をつけるなんて」

旦那さんのことばに奥さんも微笑む。

「それを言うならば、不格好な黒い茸に『松の露』という名前をつけるセンスも素敵よね」

わたしは松露をそっと指に挟んで持ち上げた。

白い砂糖衣がきらきらとして、本当に美しかった。

でも、これはきらきらとした露を模して作られたのではなく、真っ黒で不格好な茸を模して作られたものなのだ。


もしかして、わたしは祖母のこともなにひとつわかってなかったのかもしれない。

美しく、凛とした人であることは間違いなくても、わたしが学校に行っている間に、気を抜いていたのかもしれないし、掃除だって面倒だと思う日は、さぼっていたのかもしれない。

完璧な人だったと勝手に思い込む方がどうかしていたのだ。

二十七歳になっても、わたしは松露という名の茸があることすら知らなかった。

子供のころ、たった一年一緒に暮らしただけの祖母のすべてがわかるわけはない。

翌日、わたしはホテルのフロントに聞いてみた。

砂漠に行ってみたいのだけど、ここから出るツアーはあるのだろうか、と。「もちろんです」という答えが返ってきて、胸が弾んだ。

三日後のツアーの予約を入れてもらうように、フロントに頼んだ。

砂漠からそのままマラケシュに移動しよう。そして、そこで気が済むまで滞在したら、日本に帰ろうと思った。

そして、祖母の墓にお参りに行き、そこにデーツのお菓子をお供えするのだ。

あんなに甘いものが好きだった祖母だから、きっと喜んでくれると思う。

甘い生活

子供の頃から、誰かのものが欲しくなるタチだった。

理由なんてない。自分の前に置かれたケーキより、隣の人の前に置かれたケーキの方がおいしく見える。ただそれだけだ。

喫茶店やレストランで、どんなに悩んでメニューを決めても、姉の頼んだものの方がおいしそうに見えた。

メニューで見たときは、なんとも思わなかったクリームソーダは、姉の前に置かれたとたんに、急に魔法がかかったように素敵なものに見えはじめる。透き通ったグリーンは、エメラルドか南国の海のようだし、ソーダに混じったアイスクリームが舌の上で溶ける幸せまで、さっきまで忘れていたのにはっきり思い出してしまう。

そうなると、もう駄目だ。わたしの前に置かれたチョコレートパフェは、完全に色あせて魅力を失う。

チョコレートの味はくどいし、飾り付けられたバナナだって食べたくない。底の方に入っているコーンフレークなんてバカみたいだ。なぜこんなものを頼んだのか、数分前の自分が信じられない。

わたしは、泣きながら「クリームソーダがよかった」と訴えて、姉のクリームソーダとわたしのチョコレートパフェを取り替えさせるのが常だった。

あるときから、姉はわたしと同じメニューしか頼まなくなった。賢いといえば、賢いが、わたしは少し残念だった。同じものでも、はじめから自分で頼むのと、姉の前に置かれたものを取り替えさせて食べるのとでは、魅力が全然違うのだ。

小学生になる頃には、人のものを欲しがることがいい結果を生まないことは、さすがにわたしも理解していた。

姉ならば取り替えてくれる。本当はいやだと思っていても、両親が「お姉ちゃんなんだから我慢しなさい」と言い聞かせてくれるから、最後にはわたしの思う通りになる。

だが、その後にかならず、布団の中でつねられたり、しばらく無視されたりという仕返しをされる。

友達の持っているものを欲しがったって簡単にはくれないし、ときどき大問題になることがある。

幼稚園のとき、仲良しのれみちゃんがきれいな着せ替え人形を持っていた。金髪で紫のドレスを着たその人形が欲しくてたまらなくなって、何度も「いいなあ」「欲しいなあ」を繰り返した。

れみちゃんも最初は渋っていたが、マンガ雑誌についていたシールと交換をするという条件で納得してくれた。

ほくほくとお人形を持ち帰り、櫛《くし》で髪をとかしていると、母に見つかった。

母はわたしの持っている人形を見て顔色を変えた。

「千尋《ちひろ》！　そのお人形、いったいどうしたの？」

「れみちゃんがくれたの」

「いますぐ返してきなさい」

母がなぜ怒ってるのかそのときのわたしにはわからなかった。

シールと取り替えたのだと訴えても、母の怒りはおさまらなかった。わたしは泣きながら、母に手を引っ張られて、れみちゃんの家まで連れていかれた。

インターフォンを鳴らすと、れみちゃんのお母さんが出てきた。その後ろでれみちゃんまで泣きべそをかいた顔で立っていた。

どうやら、れみちゃんは新しいお人形をわたしにあげてしまったことで、お母さんから怒られていたらしい。

母は何度も頭を下げて、れみちゃんのお母さんに謝っていた。

わたしは盗んだわけではない。ちゃんとシールと交換したのに、なぜ母がぺこぺこ頭を下げているのか理解できなかった。

れみちゃんのお母さんは、顔に貼り付いたような笑顔で言った。

「子供同士のことですからお気になさらず」

その声はどこか冷ややかで、彼女が本当に気にしなくていいと思っているわけではないことがよくわかった。

わたしはきれいなお人形を取り上げられてしまった。シールさえ返してもらえなかった。れみちゃんはもうそのシールを自分のノートに貼ってしまっていたのだ。

その日、家に帰ってから、母はわたしに言った。

「誰かのものを欲しがったり、ねだったりしてはいけません」

そんなことを言われたって、納得できるわけはない。

わたしはもう、姉のクリームソーダの方が、自分で頼んだクリームソーダよりもおいしいことを知っているのだ。

今さら、駄目だなんて言われたって遅い。

だが、お人形のときのような大事《おおごと》になるのは、困る。悪くないのに、謝らなくてはならないというのも屈辱だ。

わたしは、学んだ。誰かのものを欲しがるのはよくないことだ。

なのに、どうしても他人のものだけが輝いて見えるのだ。


学校で孤立するのは困るし、友達がいないことには耐えられない。

それでも自分の欲望を抑え続けるのには、限界がある。欲しいものがなにひとつ手に入らないなんて我慢できない。

そして、わたしが欲しいのは、誰かのものばかりなのだ。

だから、わたしは上手《うま》く立ち回る方法を考えた。

まず、最初は友達が持っているものと、同じものを母にねだって買ってもらうこと。これはいちばんトラブルが少ないが、決定権は親にある。

同級生の筆箱が欲しくて、同じものをねだっても、まだ持っている筆箱が新しければ買ってもらえない。わざと、自分の筆箱を帰り道に捨てて、なくしたと言い張っても、勝手に母が買ってきてしまって、選ばせてもらえなかった。

買ってもらえることになっても、連れて行かれたお店で欲しいものが売っていなければ、そこで終わりだ。どんなに泣き叫んでも、そのお店にあるものの中から選べと言われるだけだ。

いくつかの困難を乗り越えて、ようやく友達と同じものを手に入れても、今度は「千尋ちゃんは真似《まね》ばかりする」などと言われるのだ。

本当はわたしは、友達の真似がしたいわけではなく、友達の持っているものをそのまま自分のものにしたいのだ。

それを繰り返して、わたしは気づいた。他人の目を気にして、穏便な方法を選ぼうとすれば、得られる喜びも少ない。

次に、わたしはターゲットを見つけることにした。

たまにいるのだ。自己評価が低く、友達に好かれるためにはどんなことでもするような女の子が。

そういう子は、自分のものをねだられると嬉々《きき》として差し出す。

もちろん、あまり高価なものはいけない。れみちゃんのときのように親が出てくるようなことになれば、元も子もない。

大して値が張らなくてもいい。その子が大事にしているようなものを手に入れることに、たまらなく胸が高鳴る。

可愛《かわい》いシャープペンシル、鞄《かばん》につけたマスコット、いい匂いのする消しゴム。そんなものがなくなったって、大人は誰も気にしない。その子はわたしに好かれたいために、大事にしているそれを差し出すのだ。

もう名前も忘れてしまった小学二年生のときの同級生は、きれいな千代紙を集めていた。日本人形、漆塗りの櫛やかんざし、そんな美しい柄の千代紙を、わたしは何枚もねだった。

たぶん、普通にお店で見かけただけならば、少しも欲しいとは思わなかっただろうし、人から普通にもらっても、大して喜ばなかったはずだ。だが、彼女がひどく惜しそうに、それをわたしにくれるとき、身体《からだ》が痺《しび》れるような高揚を感じた。

そんなとき、自分が獣になった気がした。

わたしがガツガツと貪《むさぼ》るのは、その千代紙でもないし、それをわたしにくれる彼女の優しさでもない。もっと奥にある、彼女が千代紙を大切に思う気持ちと、それをあげたくないという気持ちをわたしは、喉を鳴らして味わっている。

もちろん、やり過ぎてはいけない。

わたしがみんなに嫌われるようになったら、大事なものを差し出してくれる友達も離れてしまう。多くの人から好かれるように振る舞いながら、怯《おび》えた目をした人を探す。この子ならば、大事にしているものを、わたしにくれるだろうというターゲットを見つけ出すのだ。

そんな子を見つけるのは難しくはない。もしくはクラスで孤立しているような女の子に声をかけ、優しくして、わたしのことを好きにさせる。それから、少しずつ彼女の大事にしてるものを、手に入れるのだ。

そんなことを言うと、まるで極悪人のようだが、自分ではそうは思わない。

わたしがねだって手に入れるものは、せいぜい文房具だとか雑誌の付録とかの小さなものばかりだし、そのためには普段はできるだけ優しい友達でいるようにしている。大人に見つかれば怒られるようなものには絶対手を出さない。

ターゲットにする女の子たちは、たいてい、友達が少なかったり、コミュニケーションが苦手な子が多かったから、多くの場合、その関係はうまくいっていた。

ただ、ときどき、急になにかに気づいたように、わたしから距離を置こうとする女の子がいた。他に友達もいなくて、わたしから離れてしまうと孤立してしまうのに、バカな子だと思った。

そして、沙苗《さなえ》もそういう女の子だった。


沙苗とは小学五年生のとき、同じクラスになった。

最初から、わたしのアンテナに彼女は引っかかってきた。過剰に明るいのに、まわりの空気が淀《よど》んでいる。それが第一印象だった。

まわりと波長がずれている子は、獲物にちょうどいい。

わたしはすぐに沙苗に近づいて、友達になった。予想通り、彼女の過剰な明るさは、人に好かれたいがための仮面だった。

無理して、明るく振る舞おうとするから、空気はぎこちなくなるし、空回りばかりしている。嫌われているとか、苛《いじ》められているというほどではなかったが、彼女はどこかクラスで浮いていた。

わたしは彼女のあまりおもしろくない冗談で、声を上げて笑い、彼女の望むリアクションをとってあげた。こんなやり方で、人の心は簡単に操れる。

わたしはもうその方法をよく知っていた。

そうやって近づきながら、彼女からなにも奪わなかったのは、沙苗がわたしをそそるようなものをなにも持っていなかったからだ。

鞄にはマスコットもぶら下がっていないし、他の女の子が大事にしているような匂い袋とか、小さなコンパクトミラーなども持っていなかった。筆箱も、兄のお古だというあきらかに男児用のものを持たされていた。筆箱に描かれていた戦隊ヒーローは、もう何年も前のものだった。

そんなものを沙苗から奪っても、わたしの気持ちは満たされない。

それに、当時、同じクラスには他にもわたしのターゲットとしてぴったりな女の子がいた。

美園《みその》は見栄《みえ》っ張りで、消しゴムも、可愛いシールも、珍しいキャラクターの根付《ねつけ》だって、欲しいと言えばいくらでもくれた。

わたしは、美園がいちばんあげたくないと思っているものを探り出して、それを欲しがるというゲームに夢中だったのだ。

心の奥では惜しいと思っているのに、見栄を張りたい気持ちに負けて、いちばんのお気に入りをわたしにくれる美園は、とても可愛らしくて、わたしはいつも彼女に夢中だった。沙苗のことなど、すっかりどうでもよくなっていた。

その出来事が起きたのは、クラス替えをしないまま小学六年生になった、ある日のことだった。

放課後、わたしの部屋に美園と沙苗がきた。一緒に宿題をするつもりだった。

わたしが当時住んでいたのは、古いマンションの3LDKの部屋だった。去年までは姉と一緒の部屋だったのだが、姉が中学生になったのをきっかけにそれぞれの個室を持つことができるようになった。

三人でローテーブルを囲んで、算数の宿題を一緒に解いた。母がオレンジジュースを持ってきてくれて、ひと休みすることにした。

沙苗が、戦隊ヒーローのついた筆箱を開けた。

「ねえ、これ見て」

彼女がそこから出したのは、オレンジ色のボールペンだった。

わたしは息を呑《の》んだ。こんなきれいなボールペンははじめて見た。オレンジの果肉そのもののような鮮やかな色。キャップの黒がよけいにその色を引き立てている。

「きれい……」

「きれいでしょう。ママのなの」

おや、と思った。前に、沙苗は父子家庭だと聞いていたからだ。

それを問いただすつもりはなかった。沙苗は聞かれたくないと思っているようだし、わたしはそういう勘は働くのだ。

「触っていい?」

わたしがそう尋ねると、沙苗は自慢げに頷《うなず》いた。わたしと美園の目にある感嘆の色に気づいて、それに満足している。

わたしも、このボールペンに完全に魅せられてしまった。筆記用具なのに宝石みたいだ。

たぶん、高価なものだということは小学生にでもわかった。

わたしはためいきをついた。

身体の中で獣が騒ぎ出す。このボールペンがどうしようもなく欲しかった。どんなことをしても、わたしのものにしたかった。

沙苗どころか、美園に嫌われたってかまわない。沙苗はこれまで少しもわたしを楽しませてくれなかった。美園は充分に楽しませてくれたけれど、もう飽きた。

世界中のなにもかもが色をなくして、このボールペンだけが輝いて見えた。

だが、欲しいとねだったところで沙苗がくれるはずがないことはわかっている。

わたしは名残《なごり》惜しさを隠して、沙苗にボールペンを返した。

「すごくきれいだね。こんなきれいなボールペンはじめて見た」

沙苗は顎をあげて、誇らしげな顔になった。

とたんに、この少女のことが憎くなった。沙苗は、獣のようにわたしの賞賛を貪っている。喉を鳴らして、わたしの羨望を啜《すす》っている。

腹は立つが、それにしたってこのボールペンは美しすぎるのだ。

これを手に入れなければ、わたしは沙苗に貪り食われたままだ。そう考えるとたまらなかった。

自分勝手な行為には罰を与えなくてはならない。


チャンスが訪れたのは、沙苗がトイレに立ったときだった。

わたしは美園に言った。

「ちょっと太陽がまぶしいから、カーテン閉めて」

わたしの部屋は西向きで、晴れた日の夕方には、ずうずうしいほどの光が部屋に差し込んでくる。それにうんざりしていたのに、今日は西日に感謝したい気持ちだった。

「うん」

おっとりとした美園はすなおに窓の方に向かった。わたしはその隙に沙苗の筆箱を開け、ボールペンを取り出した。それをベッドの下に転がす。

ここで、自分の筆箱に入れたり、机の引き出しにしまったりしてはいけない。もし、沙苗が気づいたときに言い訳ができなくなる。

後は、沙苗が気づくか気づかないかだ。

ベッドの下ならば、沙苗が落としたのだとごまかせる。

時刻も五時半をまわり、宿題もすでに終わった。トイレから戻ってきた沙苗は、筆箱を確かめることもなく、自分の鞄にしまった。

「じゃあ、そろそろ帰るね」

彼女はそう言って立ち上がった。美園も一緒に帰るようだった。

わたしは、彼女たちを玄関まで見送りに行った。ふたりが出て行ってしまうと、自分の部屋に戻って、ボールペンの隠し場所を変えた。

夕食を終え、お風呂に入って出てきたとき、家のチャイムが鳴った。玄関に出て行った母が怪訝《けげん》な顔をして戻ってきた。

「千尋、あんたの友達が忘れ物したって」

「忘れ物?」

驚いたような顔をして、玄関に出る。

そこに泣きべそをかいたような顔をした沙苗と、見知らぬきれいな女の人がいた。沙苗には似ていないがお母さんだろうか。

女性は言った。

「ごめんなさい。沙苗ちゃんがペンをこちらのお宅に忘れたって言ってるんだけど、ありますか?」

わたしは首を傾《かし》げて言った。

「さっき、テーブル片付けたときにはなかったですけど、見てみますか?」

女性は沙苗の顔をのぞき込んだ。

「沙苗ちゃん、どうする?」

沙苗は小さな声で「さがしてみる」と言った。

わたしは沙苗と女性を部屋に招き入れた。沙苗は床に這《は》いつくばるようにして、ペンを捜していた。ベッドの下にも手を伸ばして、探る。出てきたのは、埃《ほこり》まみれの靴下と、古いマンガ雑誌だけだった。

立ち上がった沙苗はまっすぐにわたしの目を見て言った。

「千尋ちゃん、筆箱見せて」

女性は声を上げた。

「沙苗ちゃん、失礼でしょ」

「だって……」

わたしは明日のために鞄の中に入れてあった筆箱を、沙苗に渡した。沙苗は、わたしを強く睨《にら》み付けて、筆箱を開けた。

沙苗は馬鹿だ。そんなところに入っているわけがない。だが、それでもわたしがやったのかもしれないと疑っている。そのことに、背筋がぞくぞくした。

筆箱に入っていないことを確かめると、沙苗は言った。

「引き出しも見せて」

「沙苗ちゃん、もう帰りましょう。別のところでなくしたのよ」

わたしは少し悲しそうな顔をして見せる。

「沙苗ちゃんの気が済むなら、見ていいよ」

沙苗は女性の制止も聞かずに、わたしの机の引き出しを次々と開けていった。馬鹿な子だ。そんなところに隠すはずはない。もし、見つかったら弁明ができないじゃないか。

机の引き出しを全部開けても、ボールペンはなかった。

沙苗の目には涙が溜《た》まっていた。女性は深々と頭を下げた。

「ごめんなさいね。こんな時間にご迷惑かけて」

「いいんです。ボールペン、見つかるといいですね」

そう言っている間も、沙苗はわたしをじっと見つめていた。たぶん、まだわたしのことを疑っている。

もっと捜せばいいのに。わたしがどこに隠したか、見つけてくれればいいのに。見つかるか見つからないかのスリルを、もっと味わいたいのに、女性は沙苗を促して、帰ってしまった。

母がリビングからわたしに話しかけた。

「忘れ物、見つかったの？」

「見つからなかった。どこか別のところで落としたんじゃない？」

そう言いながら、部屋に戻ろうとすると、姉が自室から顔を出していた。ひどく冷ややかな目でわたしを見ている。

どうやら、事の次第を窺《うかが》っていたようだった。

「あんた、本当に知らないの？」

「知らないよう。お姉ちゃん、ひどい」

可愛い妹の顔で微笑《ほほえ》んでみる。だが、姉は険しい顔のまま自室のドアを閉めた。

沙苗がわたしの部屋にボールペンを捜しにきたのは、むしろありがたいことだった。一度捜した場所を、もう一度捜しにくることはないだろうし、机の引き出しまで開けたのだから、わたしの嫌疑は晴れた。

夜中、家族が寝静まったあと、わたしはそっと自室のドアを開けて玄関に向かった。

わたしが沙苗のボールペンを隠したのは、玄関に置いてある自分の長靴の中だった。ここなら、誰かが手を突っ込んで捜すこともない。

そして、もし誰かに見つかっても、沙苗の鞄から落ちて、偶然長靴の中に入ってしまう可能性はゼロではない。沙苗と美園を玄関で見送ったときに、ひらめいたのだ。

次の雨の日まで長靴の中に隠しておくつもりだったが、一度、捜索が終了した引き出しの中に入れた方が安全かもしれない。

沙苗が再び捜しに来ることはないだろうけど、姉がなにか怪しんでいるように見えた。

姉とは、数年前からあまり口を利かなくなっていた。まあ、姉にはずいぶん好き放題やったから、嫌われるのは仕方ない。

両親の前でだけ、取り繕って、いい姉妹を演じているような状態だった。

わたしは長靴からボールペンを取り出すと、自室に戻った。

机のライトだけをつけて、改めてボールペンをまじまじと見る。それはやはりうっとりするほど美しかったのに、少しも気持ちは昂《たかぶ》らなかった。

せっかく手に入れても、わたしはこれを友達に見せびらかすこともできない。常に筆箱に入れて眺めることもできない。みんなに隠し通さなくてはならない。

そう考えると、馬鹿馬鹿しいことをしてしまったような気がする。

もし、沙苗がわたしのことを疑っていなかったら、明日学校で「家に忘れてたよ」と言って、返したかもしれない。

わたしは、美しいボールペンを取っておいたきれいな包装紙に包んだ。こうしておけば、母や姉に見つかることはない。

そして、それを机の引き出しの奥深くにしまって、そのまま忘れてしまった。


次にその美しいボールペンのことを思い出したのは、それから九年後だった。

さすがに古くなった学習机を捨てようとして、引き出しの中を整理しているとき、黄ばんだ包装紙に包まれたなにかを見つけた。

包みを開いて、オレンジ色のボールペンを見たとき、これをどうやって手に入れたのかを思い出した。

沙苗とは、別の中学に進んだ。小学校を卒業してから会っていない。そもそもこのボールペンのことがあってからは一緒に遊ぶこともなくなり、そのまま学校を卒業した。

今ではもう、彼女の姓すら思い出せない。

もう十年近く経《た》つから、時効だろう。わたしは、飲みかけのコーヒーカップとそのボールペンを並べてスマートフォンで写真を撮った。

写真に撮ると、そのペンの美しさはより際立つようだった。

「片付け中、ひと休み」

というキャプションをつけて、SNSに投稿して、また片付けに戻った。

二時間ほどして、SNSをチェックすると、フォロワーからのコメントがついていた。知ったかぶりの男性で、やたら若い女の子にばかりコメントをつけているから、あまり好きな人ではない。

「おっ、ドルチェヴィータですね。いい物持ってるなあ」

コメントの意味がわからないから、尋ねてみる。

「ドルチェヴィータって、なんですか？」

すぐに返事があった。

「そのペンですよ。意味はイタリア語で『甘い生活』。同じ名前の映画があったなあ」

おじさんっぽいコメントはそのままにして、インターネットでその名前を検索してみる。

最初は、同じ名前のお店やなにかのメーカーばかりがヒットしたから、「ペン」ということばを入れて、絞り込む。

出てきた画像は、わたしが持っているボールペンと同じ物だった。そういう名前だったのか。

画像の横に表示された値段を見た瞬間、わたしは息を呑んだ。

八万九千円。

まさか、ただのボールペンがそんな値段のはずはない。高価な物だとは思ったが、せいぜい何千円かだと思っていた。

信じられずに検索を繰り返した。先ほど九万円近い値段がついていたのは万年筆で、ボールペンだとそれよりも安い。だが、四万円だの、五万円だの、文房具とは思えないような値段がついているのは同じだった。

安いものでも、三万円を超えている。

わたしは呆然《ぼうぜん》と、その検索結果を眺めた。

そんな高価な物だとは思わなかった。もうずいぶん、時間が経っているし、今さら盗んだことを責める人はいないだろうが、値段を見て後味が悪くなる。

なぜ、沙苗はこんな高級品を持っていたのだろう。普段は、兄のお古の筆箱を使っているような子だったのに。母親の物を勝手に持ち出したりしたのだろうか。

沙苗がもし、高級品を勝手に持ち出したのなら、それは沙苗が悪い。小学生が持ち歩けば、失うことだってあるだろう。

わたしは半ば強引に、沙苗のせいにして、ボールペンを自分のペンケースの中にしまった。

どちらにせよ、もう時効だし、誰も覚えてはいないだろう。

大学生にもなれば、子供のときのように雑誌の付録やいい匂いの消しゴムは欲しくない。物よりもずっと、楽しい「誰かのもの」がある。

それは人間関係だ。

誰かから奪い取ることが甘美で、奪ったからといって罪には問われない。奪われた方に大きなダメージを与えることができる。

仲のいい友達同士がいると、こっそり片方に近づき、その子とだけ仲良くなる。次第に、もう片方の子と疎遠になるように仕向けていく。あまり独占欲が強くない子でも、傷ついた顔を見せるし、独占欲の強い子のひとりは、大学にこなくなってしまった。

でも、誰もわたしを責めることはできない。誰と友達になろうが勝手だし、束縛される理由もない。

誰かのものを奪うというゲームが楽しいだけで、ゲームの結果、獲得した賞品にはあまり興味がない。友達ならば、次々と別の子と仲良くなっても責められることはないが、恋人はそういうわけにはいかない。

賞品そのものに、独占欲や嫉妬心を抱かれても困るのだ。

ましてや、不倫なんてわたしが損をするばかりで馬鹿馬鹿しい。友達の中には、妻子ある男性との不倫にどっぷりはまっている子もいたけど、わたしなら考えられない。

都合よく、若さだけを消費されて、結局は捨てられてしまうのも嫌だし、もしその人を奥さんから奪うことができても、それからその人に縛られることになるのはごめんだ。

不倫に限らず、恋愛で誰かのものを奪うのは、少し難しい。

そう思っていたはずなのに、八木孝紀《やぎこうき》に惹《ひ》かれてしまったのは、彼が魅力的だったことと、特殊なシチュエーションのせいかもしれない。

同じ大学に森村《もりむら》というゲイの青年がいた。孝紀は彼の恋人だった。

恋人を紹介すると言われて、興味本位でバーに行くと、そこに孝紀がいた。彼はわたしを見て、優しく微笑んだ。その笑顔には、最初からわたしへの好意がふんだんに含まれている気がした。

ゲイの友達から、恋人を奪うというシチュエーションはなかなかないし、考えただけでもぞくぞくする。

しかも、「彼はゲイだと思っていたから、そのつもりはなかった」という言い訳もできそうだ。

孝紀はハンサムだし、優しいから、恋人としても充分魅力的だ。

わたしは孝紀に微笑みかけ、彼の手にこっそりメールアドレスを握らせた。メールはすぐにきた。

最初は、他愛《たわい》ないやりとりからはじまり、そこから何度かデートをした。

すぐにセックスを求められたら、わたしも少し醒《さ》めただろうが、彼はあくまでも紳士だった。

森村はわたしと孝紀が会っていることにも気づいてないようで、そのことに胸は激しく高鳴った。

わたしの頭の中に、あのボールペンのことが浮かんだ。

ドルチェヴィータ。甘い生活。

やはり、誰かのものこそが、わたしを高揚させてくれる。

ドライブに誘われて、初めて彼の車に乗った。山の中さえ走れそうな４ＷＤだった。

彼は、車を発車させた。町中を通り抜け、海沿いの道に出て、しばらくドライブを続けた。

「景色のいい場所があるんだよ」

「連れてって」

わたしはうっとりとしながら、そう答えた。森村が、わたしたちのことを知ったら、どんなに傷つくだろう。そう思うと、身体中が熱っぽくなる。

車は、山道に入っていった。

孝紀は唐突に言った。

「千尋ちゃんさあ、やっぱり、他人のものを奪うのが好きなの？」

「え……？」

誰がそんなことを言ったのだろう。気づかれていないつもりだったのに。いや、ずっとわたしを見ていた人なら気づくかもしれない。森村が誰かに聞いたのかもしれない。

「そんなことないよ。人聞き悪いなあ。誰が言ったの？」

そう尋ねると、孝紀は答えた。

「妹」

孝紀の妹とはいったい誰なのだろう。きょとんとしていると、孝紀は続けた。

「ドルチェヴィータって知ってる？」

「……甘い、生活……？　映画？」

「そう。そして、同じ名前のペンがあるんだ」

孝紀の妹。わたしは、沙苗の姓を必死に思い出そうとした。

たしか、八木ではなかっただろうか。

「妹は、沙苗は、きみがドルチェヴィータを盗んだと確信していた。きみは人のものを奪うのが好きだから、と」

「そんなことないよ……やめてよ」

沙苗は見ていたのかもしれない。わたしが美園から、小さな、でも美園のお気に入りのものを奪うところを。

「きみは以前、ドルチェヴィータの写真をインスタグラムにアップしていたね」

わたしは息を吞んだ。あわてて言い訳を探す。

「家で……ベッドの下に落ちてたの。沙苗のかと思ったけど、もう見つけたときには沙苗とは違う中学に行っていて、連絡が取れなかった」

「ふうん、そう」

彼は楽しげに鼻を鳴らした。

「じゃあ、なぜ、きみは沙苗がペンを忘れたと言ったとき、それがボールペンだとわかったのかい。シャープペンシルだったかもしれないし、サインペンだったかもしれないのに」

（ボールペン、見つかるといいですね）

たしかに、わたしは沙苗の母親らしき女性にそう言った気がする。

「ぼ、ボールペンを見せてもらったことが……記憶に残っていたから……」

「そう、じゃあ、それでいい。ぼくは証拠が欲しいわけじゃないから」

なぜか彼の声に空恐ろしさを感じて、わたしは声を上げた。

「返す……返すよ。まだ家にあるの。そんな高価な物だなんて知らなかったから！」

彼は怒っているようだった。それも深く。

「もう、遅いんだよ。今返してもらっても取り返しがつかない」

「どうして！」

彼はふうっと息を吐いた。

「沙苗と一緒にきみの家に行った女性を覚えているかい。彼女は、ぼくたちの父親の再婚相手だった。いや、再婚相手になるはずだったんだ」

わたしは思い出す。父子家庭だったはずの沙苗が、ボールペンを「ママの」だと言った。

「父親には悪癖があってね。ギャンブルが好きで、パチンコにはまってしまっていた。ぼくたちの本当の母親は事故で亡くなったんだが、そのあと、自暴自棄になってパチンコばかりやっていた。だが、なんとかギャンブル依存症のグループセラピーに通って、立ち直ろうとしていたんだ。そのときに、彼女と出会った」

彼女というのは再婚相手のことだろう。

「彼女――由希子《ゆきこ》さんと父親が結婚するのに、由希子さんが出した条件は、もう二度とパチンコをしないことだった。そのために父親は、通帳もキャッシュカードも全部由希子さんに預けていた」

それと、ドルチェヴィータがなんの関係があるのだろう。

「自分の高級ボールペンが突如として消えたとき、由希子さんがどう考えたかわかるかい？　父親がそれをリサイクルショップに売り飛ばして、それでパチンコをしたのだと考えたんだ」

　わたしは声を上げた。

「それは持ち出した沙苗が悪いんじゃない！」

「そう。でも沙苗がちゃんと持って帰れば問題にはならなかったんだ」

　車は次第に、山奥に向かっている。わたしは悲鳴を上げた。

「降ろして！　降ろして！」

「もう少し話そう。そしたら降ろしてあげるよ」

　降ろしてもらえると知って、少しだけ気持ちが落ち着いた。

「疑われたと知った父親と由希子さんとの関係は、完全に決裂した。父はショックのあまり酒に溺れた。そして、沙苗は自分を責め続けた。それから一年後かな。ぼくが中学から帰ったら、沙苗が自室で首を吊《つ》っていた」

　喉が凍り付いたように、声が出なかった。

　彼は笑った。

「なにが、ドルチェヴィータだよ。馬鹿馬鹿しい」

　震える声でわたしは言った。

「ごめんなさい。そんなつもりじゃなかったの。許して……」

　わたしはただ、あの美しいボールペンが欲しかったのだ。

車は急に停《と》まった。孝紀がドアを開けた。

「降りれば？　降りたいんだろ」

わたしは逃げるように、車から飛び降りた。ずいぶん、山の上まできてしまったが、歩いて戻れないことはないだろう。

下り坂を、わたしは走った。ヒールを投げ捨て、裸足《はだし》になって息を切らしながら。

ふいに思った。なぜ、孝紀は、わたしをこんなところまで連れてきて、そして車から降ろしたのだろう、と。

わたしならば、ここまできて逃がしたりはしない。復讐《ふくしゅう》を完成させる。

後ろから車が近づいてくる音がする。わたしは車道の端に立って振り返った。

車はまっすぐにわたしにつっこんできた。

最後に見たのは、孝紀の笑った顔だった。

未事故物件

植野初美《うえのはつみ》は迷っていた。

眉間に皺《しわ》を寄せて、天井を睨《にら》み付けながら考える。

これはよくあることなのだろうか。


はじめてのひとり暮らし。そのことばに胸躍らない若者は少ないと、初美は確信している。

不本意なきっかけでひとり暮らしをはじめることになったり、実家がこの上もなく快適だったり、夜ひとりで眠れないほど怖がりだという人はいるだろうが、それにしたって、少しは心ときめく要素を見つけることができるのではないだろうか。

休みの日、昼まで寝ていても、一晩中ネットをしていても、脱いだ服を散らかしていても怒られない。夕食をポテトチップスですませたって、誰に気兼ねもいらない。

もちろん、そういう後ろ向きなことだけではなく、誰にも邪魔されないひとりだけの城を持てる喜びだってある。中学生のとき、母が作ってくれたお弁当ではなく、自分でパンを買うことが楽しみだったのと同じだ。

誰かに頼らずに、自立すること。そこにはなにものにも代えがたい喜びがある。

初美はずっと、おしゃれなインテリアの部屋に住みたかった。

実家のマンションは、築三十年以上の古い砂壁だった。鏡の前で今日のコーディネイトをインスタグラムにアップしたくても、それだけでやたら野暮ったくなる。どんなに頑張ったって、白い壁紙とフローリングの新築マンションに住んでいる友達の方が素敵に見える。

母はなんでもしまい込むと忘れてしまうからと、ティッシュの空箱で作った小物入れをいろんな部屋に置いていた。初美が少し机の上を散らかしていると、あっという間にそのティッシュの小物入れや、牛乳パックのペン立てなどが、机の上に出現する。

住めないほど散らかっているわけではないし、水回りなどはきれいにしてあったが、母には素敵な部屋に住みたいという気持ちが全然ないようだった。もちろん、父にもない。

だから、初美はずっと思っていた。ひとり暮らしをすることになったら、絶対に自分の好きなものしか部屋に置かない。ティッシュの箱や牛乳パックで作った小物入れなど、玄関から一歩も踏み込ませてなるものか、と。

どんなに狭い部屋でも、布団ではなくベッドを置き、ベッドの上は海外のインテリア雑誌にあるように、クッションをたくさん置く。ぬいぐるみやキャラクターものも好きだから、今の部屋はそんなものであふれているけれど、ひとり暮らしをすることになったら、絶対におしゃれな部屋に住んで、家飲みの写真や、毎日のコーディネイト写真をどんどんネットに上げるのだ。

インテリアはモロカンスタイルにして、天井から蚊帳《かや》をベッドの上に吊《つ》ってもいい。パリジェンヌのアパートをイメージして、アンティークの机などを置くのも素敵だ。

まあ、どちらにせよ、高級な家具は買えないし、東京で初美が借りることができる部屋はワンルームか1DKのどちらかで、ソファすら置くスペースはないだろう。インテリアといっても、クッションやベッドカバーを気に入ったものにすることしかできない。

そのときの初美は、まだ気づいていなかったのだ。

ひとり暮らしには、予想もしていない出来事がつきまとうのだ、と。


初美が東京に引っ越すことになったのは、七月の半ばだった。

大学を卒業して就職した会社が三月で倒産し、失業保険をもらいながら、求職活動をはじめた。最初は地元の神戸や通勤圏内の大阪で探していたが、なかなかうまく行かず、試しに受けてみた東京の小さな出版社に、すんなりと採用が決まった。

東京に行くと言うと両親は心配したが、失業保険ももうすぐなくなる状況では反対するわけにもいかない。

初美はというと、憧れの出版業界に入れたことと、東京でひとり暮らしができることとの両方で、むしろうきうきしていた。

引っ越し代だとか、敷金や礼金などで、大学を卒業してから三年、頑張って貯《た》めた貯金がみるみる減っていくのも気にならないほどだった。

東京の家賃は驚くほど高かったが、なんとか予算内で、駅からも徒歩十五分くらいのワンルームを見つけることができた。ベッドと、小さなローテーブルを置くのが精一杯の広さだが仕方がない。通勤にも一時間半かかるが、職場から近い物件はとても手が出ない。たぶん、毎日ラッシュの通勤電車に揺られることになるのだろう。

狭い部屋だが角部屋で、オートロックでお風呂とトイレも別になっている。部屋は北向きだが、家にいるのは夜だけだろうからかまわない。

ようやく、自分だけの城を手に入れることができたのだ。

引っ越しを済ませ、市役所に届け出を出した。

カーテンもついていない部屋で、どきどきしながら買ったばかりのベッドに横になった。

自分だけが家にいるという状況は実家でもあったが、たったひとりで、誰もいない家で眠ったことはない。

上からも隣からも、なんの物音も聞こえない。静かすぎて怖いほどだった。

自分以外の人たちが、すべて宇宙人に誘拐でもされたような気分になる。それとも街全体がゾンビに襲われてしまったか。

ここまできて、ようやく、初美はひとりの心細さを知った。

ひとり暮らしは想像していたのとまったく違った。

夜、自宅に帰り着いた頃にはくたくたで、自炊などとてもできない。スーパーで半額になったお総菜やサラダを買って、皿に移し替えることもせずパックのまま食べている毎日だ。

インテリアだって、必要なものをホームセンターで揃《そろ》えるのが精一杯だ。カーテンや寝具はなんとか揃えたが、クッションもベッドカバーもなにも置いていない。

まるで病室のように殺風景な部屋になっている。

なにもないということは、背後に野暮ったいものが映り込む心配もなく、コーディネイト写真をネットに上げられるのに、疲れすぎていて、そんな余裕がないのだ。

おまけに、お札に羽根が生えたように消えていく。毎日のランチや気分転換に飲むフラペチーノは我慢できないし、電気代やガス代だってかかる。おしゃれな洋服は、初美を誘うようにショーウインドウから笑いかけてくるし、ちょっと気を緩めれば、いつのまにかショップの紙袋をいくつも抱えていて、呆然《ぼうぜん》とする。

実家にいたときもそこそこお金を入れていたから、両親に甘えてはいないつもりだったが、ひとり暮らしでかかるお金はそんなものではない。東京は地方より給料が高いと言っても、焼け石に水だ。

それでも少しずつひとり暮らしにも慣れてきた。

部屋は相変わらず殺風景だったけれど、洗濯のコツもわかってきたし、嫌な匂いにならない部屋干しの仕方も覚えた。半乾きのリネンシーツにアイロンをかけると、皺一つなく仕上がって、ホテルのベッドみたいなベッドメイクができることも知った。

いつのまにか、秋も深まり、薄手のコートでは肌寒く感じるようになっていた。

初美は枕元で充電してあるスマートフォンに手を伸ばした。

朝の四時だ。こんな時間に目覚めたことなどない。

外は真っ暗だし、暖房のない部屋もぞっとするほど寒い。あわててもう一度布団にもぐり込む。

そろそろ暖房のことも考えなければならない。部屋に備え付けのエアコンは古く、あまり暖かくならない。灯油やガスのストーブは、契約のときに禁止だと言われたから、ホットカーペットでも買おう。

そう考えたとき、天井ががたっと揺れた。

一瞬、地震かと思って、飛び起きた。だが、揺れているのは天井だけだ。床は少しも揺れていない。

天井からは継続的に、ガタガタという音が聞こえてくる。

どうやら、この音のせいで目が覚めてしまったようだ。

初美はもう一度布団に入って、天井を見上げた。

この音がなんなのかはすぐにわかる。洗濯機だ。

いくら早起きをしたからといって、こんな時間に洗濯機を回すのは、あまりにも非常識だ。

実家でも、夜十時以降には掃除機もかけなかったし、洗濯機も回さなかった。朝も、六時半か七時くらいが常識の範囲ではないだろうか。

こんな時間に起こされたのははじめてだ。こんなに音が響くならば、目が覚めないはずはない。

正直、起こされたのは腹立たしい。

昨夜は、買ってきた服の組み合わせに悩んで、片っ端から着てみるというひとりファッションショーをやってしまい、寝たのは二時を過ぎていた。

きっとなにか理由があって、早朝から洗濯をしなければならないのだろう。たとえば、布団になにかをこぼしてしまったとか、酔って帰ってきて吐いてしまったとか。

そういうことは、初美にもないわけではないし、一度なら我慢できる。

初美は、そう自分に言い聞かせて布団を頭からかぶった。

そのあとは、もう眠ることはできなかった。


だが、翌日も朝四時から洗濯機の音が響いた。

初美は飛び起きて、天井を睨み付けた。悪質だ。

これまではこんなことはなかったから、上の住人が替わったのかもしれない。もしくは転職したかなにかで、出勤が早くなったとか。

だとしても、これは困る。毎日、朝の四時に起こされてしまえば、寝不足間違いなしだ。

ただでさえ、残業が多かったり、仕事のあと食事に誘われたりすると、帰ってくるのが十一時を過ぎる。そこから風呂に入ったり、家事をしたり、ちょっとテレビを見たりするだけで、寝るのは真夜中の一時近くになる。四時に起こされてはたまらない。

初美は二度寝ができないタイプだし、たとえ二度寝できても、今度は寝坊して遅刻してしまうかもしれない。

迷惑だ。大迷惑だ。

洗濯機の音は五時近くに止まり、ようやくそこからうとうとしたものの、あまりすっきりしない状態で目覚めの時間がきてしまった。

通勤電車は押し潰されそうなラッシュで、座ることなど夢のまた夢だ。

身体《からだ》に力が入らないまま職場に行くと、隣の席の御倉《みくら》清香《きよか》がこちらを見た。

「おはよー。初美ちゃん眠そうじゃない」

清香は、入社したときからなにかと気にかけてくれるし、それでいて押しつけがましくもない。初美と同じように、関西方面から上京してひとり暮らしをしているせいか、彼女のアドバイスはいつも参考になった。

「聞いてくださいよ。清香さん」

昨日から今日の洗濯機の件を説明する。

清香は、「それはひどい」とキャプションをつけたくなるような表情で答えた。

「苦情言うの？」

「うーん、これ以上続かないならいいんですけど……」

だが、上の階の住人が「早朝に洗濯機を回すのはマナー違反」と認識していなければ、また同じことが起こる。

「環境によって違うしね。うちの実家は一軒家だったから、あんまり気にしてなかった」

下に住む人がいないなら、気にする必要はない。もしくは、それなりに広いマンションなら、洗濯機置き場の下はだいたい洗面所で、寝室への影響は少ないかもしれない。だが、狭いワンルームでは部屋中に響くのだ。

「でも、苦情言うなら、誰が苦情言っているかわからないようにした方がいいよ。逆恨みされたりすると怖いから。どんな人か知ってる？」

「知らないです……」

初美のマンションはすべてがワンルームだと、入居するときに聞いた。入居者は七十人以上もいるらしい。エレベーターやエントランスで、よく顔を見る人もいないわけではないが、挨拶もしない。

本当は入居したとき、隣の人に挨拶に行こうと思って、クッキーの詰め合わせをひとつ買ったが、何度インターフォンを鳴らしても留守なのだ。

帰りが遅いのかもしれないし、夜働いているのかもしれない。そもそも、エントランスのインターフォンを鳴らさず、直接玄関にやってくる人間はいかにも怪しいから、無視されているのかもしれない。

そのクッキーは自分で食べてしまった。他の住人もほとんど挨拶をしないし、都会の単身者の住む大規模なマンションなんて、そんなものかもしれない。

だから、自分の上に住んでいる人がどんな人かなんて知らないのだ。

清香の言うとおり、逆恨みされるのは怖い。家も知られていて、オートロックも意味がない。同じ建物に住んでいる人に嫌がらせされたら、もう引っ越すしかないのではないだろうか。またお金が飛んでいくことを思うと憂鬱になる。

「だから、もし苦情を言うとしても管理人さんを通した方がいいんだけど……」

「常駐の管理人さんはいなくて、不動産会社が管理をしているんですよね」

「できたら隣の人たちと一緒に苦情を言った方が効果はあるかも。ひとりだと、『真下の人が文句を言っている』ってすぐわかるから」

隣の人は顔も知らないし、話したこともない。しかも角部屋だから、反対側には誰もいない。

そう言うと、清香は「かわいそう。健闘を祈る」とキャプションをつけたくなるような顔をした。

「まあ、いい人でただ気づいてないだけかもしれないよ。夜型より、朝型の方がまともな人多そうじゃない」

それは偏見ではないかと思ったが、不動産会社に言うのはいい考えかもしれない。初美は手紙でも郵便受けに入れるつもりだったが、それよりは角も立たない。

別に謝ってほしいわけでもない。ただ、早朝に洗濯機を使うのをやめてほしいだけなのだ。

その翌日も早朝から洗濯機の音が響いた。

これは普通のことなのだろうか。

都会では夜遅く帰る人も、朝早く出勤しなければならない人もいる。こんなことで苦情を言うのは、あまりにも過敏すぎるだろうか。

狭量な人にはなりたくない。そう思うと、苦情を言い立てていいものかどうか迷う。

自分が常識だと思うことは、常識でもなんでもないのかもしれない。実家のマンションでは住人が挨拶をするのが普通だったけれど、ここでは違うのかもしれない。

迷いながら、スマートフォンで「早朝、洗濯機の音」で検索してみる。

同じような悩みを抱えている人はたくさんいた。

洗濯機を回していいと考える時間には少し幅があり、五時ならば早起きしなければならない人がいるから仕方ないと感じる人もいれば、七時でも非常識だと考える人もいた。

だが、四時からというのは、あまり普通ではないようだった。

土日は洗濯機の音が聞こえず、ほっとしたのもつかの間、月曜日の早朝に、またがたがたと揺れる音で起こされた。もう我慢できない。

午前中、仕事が一段落したとき、初美は不動産会社に電話をかけて、事情を説明した。

入居したときも会った担当者が話を聞いてくれたが、途中からなぜか、いぶかしそうな反応に変わる。

「ええと……早朝に生活音、ですか……」

「生活音といっても、洗濯機を回すのをやめてほしいだけなんです」

別に歩き回るなと言っているわけではない。

担当者は言いにくそうに告げた。

「ええとですね……植野さんの上の階は、投資用物件として購入されて、今は空室なんですよね。ですから、洗濯機の音というのは勘違いでは……」

「は？　でも音がするんですけど……」

じゃああれは、なんなのだろうか。洗濯機とは違う、また別のなにかなのか。

呆然としていると、担当者は言った。

「もしかすると、その隣の洗濯機の音が響いているのかもしれませんね。マンションのエントランスに早朝の洗濯機使用は控えるように掲示を出します」

「お願いします」

電話を切って、息をつく。清香がこちらを見た。

「やっぱり、洗濯機の音、続いてるの？」

「そうなんですよー。おかげで寝不足です」

斜め前の机に座っている桑原《くわはら》沙希《さき》がこちらを見た。いつも快活な四十代の女性で、明るいせいか、あまり年の差を感じない。

「洗濯機の音？　真夜中とか？」

「早朝なんですよ。朝四時から回すんです」

不動産会社に苦情を言ってしまったことに、なんともいえない罪悪感を覚える。できれば、多くの人に話して、「そんな時間の洗濯機使用は非常識だ」と言ってもらいたい。

そう思ったのに、桑原はなぜか、初美を遮って話し始めた。

「そういえばさ、この前、バーで怖い話を聞いちゃったんだけど……」

「えーっ、聞きたい」

清香まで、そんなことを言う。仕方なく、初美も桑原の話を聞くことにした。

「半年前くらいかなあ……友達が聞いた話なんだけど、二十代のひとり暮らしの女の子が、真夜中の洗濯機の音に悩まされるようになったんだって。夜十二時くらいからはじまって、我慢していたら、夜中の一時や二時にも音がするようになって、耐えかねて、不動産屋さんに相談したの。そしたら、なんて言われたと思う」

「ええっ、怖い。なんですか？」

清香は身を乗り出した。

「上の階は空き家ですって言われたんだって」

「キャー」

清香の楽しげな悲鳴が気に障《さわ》る。初美にとっては、冗談ではない。冷ややかに言った。

「隣の部屋の音が響いていただけなんじゃないんですか？」

「それが角部屋で、もう片方の隣も空き家だったんだって。なのに、洗濯機の音だけは聞こえるの」

「上に住んでいるのは、洗濯好きの幽霊なんですかね」

清香がそう言う。それは、怖いような、怖くないような微妙な感じだ。

「本当に怖いのは、これから」

桑原はそう言って、声をひそめた。

「その女の子、そんな話をしてから、二週間後、ふっと行方不明になってしまったんだって。それからずっと見つかっていないの」


真っ暗な家に帰って、照明をつけた。

灯《あか》りのついていない家に帰るのがつらい、と、昔ひとり暮らしをしていた友達から聞いたことはあるが、初美はまだそこまでの寂しさは感じない。まだ日が浅いからだろうか。

それでもこんな日には、ひどく不安になる。

いきなりスマートフォンがジャケットのポケットで振動して、はっとする。

電話は不動産会社の担当者からだった。

「確認しましたが、やはり、植野さんの上の階は空室で、しばらく入居の予定はないそうです」

「……そうですか」

「それと、植野さんのお隣の方にも聞きましたが、特には気にならないと言われました」

まるで、初美が神経質すぎるような言い方だ。

「わかりました。音がどこから出ているのか、もう少し気をつけてみます」

そう言って電話を切った。

次の日の早朝も、洗濯機の音は鳴り響いた。

目を開けたまま、揺れる天井を眺めた。自分が狂いはじめているような気がした。


初美はネットの掲示板に書かれた文字を読み続けていた。

真っ暗な中、スマートフォンが発する光が、目に痛い。スマートフォンを投げ出して、目を閉じてしまった方がいいとは思ったが、なにかと繫《つな》がっていないと、不安で仕方がないのだ。

読むのは、洗濯機の音に悩まされている人の話。夜十一時と書いている人を見れば、そんなのたいしたことじゃないと思い、気にするほどではないとアドバイスしている人には怒りを覚えた。

気にするほどではないと言っている人を、同じ環境に放り込んでやりたい。夜遅く帰ってきて、睡眠時間も十分ではないのに、早朝四時に起こされる毎日を経験させてやりたい。

気が付けば、あるページを夢中で読んでいた。

もともとは、ハワイで本場のフラダンスを学ぶため、留学資金を貯めるというコンセプトのブログだったのだが、あるときから、上の階の生活音に悩む話が中心になっていく。

ハルというニックネームのその女性は、昼と夜のアルバイトを掛け持ちしていた。その分、早朝に起こされる毎日がこたえたらしい。

「郵便受けにメモを入れました。これで収まってくれればいいのだけど……」

「ありえないですが、今朝も三時半から、洗濯機の音で起こされました。三時半って真夜中ですよね。メモを読んだから、よけいに嫌がらせしてやろうと思ったのでしょうか。引っ越したいけど、引っ越したら留学資金が減って、目標に到達するのに時間がかかってしまう。こうなったらバトルです」

「不動産屋に電話したら、信じられないことを言われました。わたしの部屋の上には、誰も入居していないと言うのです。そんなはずはない！　じゃあ、毎日聞こえてくる音はなんなの？　頭がどうにかなりそうです」

「隣の部屋かもしれないというアドバイスをいただきました。一応、録音して不動産屋に聞いてもらったのですが、取り合ってもらえず……。この部屋で録音したかどうかわからないとまで言われました。もう引っ越すしかないのでしょうか」

続きを読もうとして気づいた。更新がそこで終わっている。

コメント欄には、彼女のことを心配する声が、いくつか書き込まれていた。

背筋がぞわぞわする。先日、桑原から聞いた話を思い出す。

ブログなど、更新に飽きてしまうことはいくらでもある。パソコンが壊れたり、ネットが繋がらなくなったりしただけかもしれない。本当に引っ越したのかもしれない。

最後の更新は二年前になっている。初美は過去の記事を辿《たど》った。

生活音の話が出る前のブログには、ハルの写真もあった。小柄で丸顔の可愛《かわい》らしい女性だった。

通っているフラ教室の名前なども書いてある。初美はメモを取った。

また、過去の記事を遡《さかのぼ》る。ハルが部屋で友達とたこ焼きパーティをしている写真があった。どこか見覚えがある気がして、その写真をまじまじと見るが、その既視感がなんなのかわからない。気が付けば、窓の外はすっかり明るくなっていたが、洗濯機の音はまだ続いている。なにかがおかしい。初美はそう感じ始めていた。


その日、初美は仕事を休んだ。

ゆっくりと午後まで眠ると、不安も少し和らいだ。メモを取ったフラ教室に出かける。受付にいるのは、若い女性だった。友達に勧められて習おうかと迷っていると言って、スマートフォンに保存したハルの写真を見せると、彼女は「ああ、覚えてます」と声を上げた。

「春山《はるやま》さんでしたよね。すごく熱心だったんですけど、いきなりこなくなっちゃったんですよね」

「いきなり、ですか？　やめるとも言わずに？」

「そうなんです。なにか嫌なことでもあったのかな、と先生と話していて……お元気ですか？」

「わたしも二年くらい会ってないんですよね」

「ちょうどこなくなったのも、その頃だったかな」

そこまで言って、受付の女性は手で口を押さえた。

「あっ、よく考えたら他の生徒さんの話ってしちゃ駄目なんですよね」

初美はにっこりと笑った。

「これ以上は聞かないので安心してください」

住所などが聞き出せればいいかと思ったが、さすがにそれは難しかったようだ。

だが、胸騒ぎはどんどんひどくなる。

桑原が聞いた話がハルのことでない限り、同じように消息を絶った女性が二人いる。時期がずれているから、同一人物とは思えない。

ブログの更新を停止しているだけならまだしも、留学したいほど熱中していたフラ教室までやめてしまうのは尋常ではない。

それは怪奇現象なのだろうか。清香が言ったように、洗濯好きの幽霊に連れ去られたのだろうか。

そうではない。この世には幽霊よりももっと恐ろしいものがある。

ポケットの中のスマートフォンが振動した。見れば、清香からだ。

「初美ちゃん、大丈夫？」

切羽詰まったような清香の声がする。

「ええ、すみません。お休みしてしまって。ちょっと体調が悪くて……」

体調が悪かったのは嘘《うそ》ではない。寝不足が原因だったから、寝て回復しただけだ。

寝ないで出勤していたら、もっと深刻なことになっていたかもしれない。そう自分で言い訳する。

怒られるかと思ったが、清香はほっとしたような声で言った。

「よかったあ……桑原さんが昨日、怖いことを聞いたから……」

「桑原さんが？」

「そう。この前、桑原さんがバーで聞いた話覚えてる？　洗濯機の音がするけれど、上の階は無人だったという話」

そして、その女の子が行方不明になってしまったという話だ。

「その子が、遺体で発見されたらしいの……」

初美は息を呑《の》んだ。

目の前の景色が揺れる。その衝撃のせいで思い出した。

ハルのブログの写真、あの、見覚えがあると思った写真の壁紙は、初美の部屋の壁紙と同じものだった。

警察に言っても信用してもらえないのではないかと思ったが、清香が名案を授けてくれた。

翌日の早朝、また洗濯機の音が響きはじめるのを待って、警察に電話して「上の階から侵入されそうになった」と告げた。不動産会社の担当者が言うように、上の階に誰もいないのなら、初美が怒られるだけで済む。

すぐにやってきた警察は、上の部屋に潜んでいた三人の男を捕らえた。

住人のいない部屋に潜んでいたというだけではなく、彼らの持ち物から、スタンガンやロープなど、明らかに不審なものが見つかったため、そのまま事情聴取されることになった。ＸＬサイズのスーツケースなどもあった。

その中には、予想したように不動産会社の担当者もいた。

「部屋を探しにきた女の子の中から、小柄な子に目星をつけて、上が空室の部屋を紹介していたみたい」

友達から話を聞いたという桑原が教えてくれた。

小柄な子を選んだのは、スタンガンで失神させたあと、スーツケースに入れて連れ出すためだ。ハルが住んでいたのも、同じ不動産会社が所有しているマンションの一室だった。

深夜か明け方か、効果的にダメージを与えられる時間を狙って、わざと音が響く洗濯機を使う。場合によっては、二度、三度と繰り返す。

だいたい、多くの場合、不動産会社に直接苦情がくるから、効果的なダメージを与えられたのかどうかはすぐにわかる。

苦情がくれば、上は空室だと告げる。そうすれば、何人かは、音の正体を確認しようと上の階にやってくる。部屋のインターフォンを鳴らす人もいる。そこを捕らえて、スタンガンを使って失神させる。

そのあとになにがあったのかなど、考えたくもない。

家に侵入して誘拐するのは証拠を残してしまうリスクが大きいが、やってきた女性を捕まえるのなら、目撃されるか、死体が見つからない限り、事件になりにくい。女性は自分で家を出て、そのまま姿を消したということになる。

ましてや、ひとり暮らしの女性なら、「上の階を見てくる」と言い残して家を出るということもない。

犯行は判明しにくいと、彼らは考えたのだろう。

初美だって、寝不足で判断力が低下したら、上の階まで音の原因を確かめに行ったかもしれない。

そう考えるとぞっとする。

初美はすぐに家を引っ越した。犯罪に関与していたのは、不動産会社でもひとりだけだというが、彼らとその仲間に家を知られているだけで、もう落ち着いて暮らすことなどできない。

また引っ越しをすると、実家の近くに住む友達にメールを送ると、こんな返信がきた。

「大丈夫？　事故物件かどうか調べてあげようか？」

初美は返事を送った。

「大丈夫。怖いのは事故物件じゃないから」

恐ろしいのは、これから事故が起こる物件なのだ。

ホテル・カイザリン

窓のない部屋で、わたしはひとりの女性と向き合っていた。

彼女が、喋《しゃべ》り続けていることばは、わたしの耳を素通りしていき、わたしは彼女の髪が切ったばかりのように整っていることに気をとられている。

警察の取調室で、刑事から事情聴収を受けるというはじめての状況なのに、わたしはすでにうんざりしている。千回も同じことを繰り返したように。

そう、うんざりしているのだ。これまで生きてきた時間にも、明日から続いていく時間にも。

「明日であなたの人生が終わりますよ」と言われても、笑いながら受け入れることができるだろう。

それとも、今、そう思っているだけで、実際にそう宣言されると、普通の人のようにパニックを起こすのだろうか。

目の前にいる刑事は、わたしと年の近い女性だった。一度、聞いてみたい気がする。

あなたは、生きていくことにうんざりしていませんか、と。

「聞いていますか?」

いきなり叱責《しっせき》するような口調で、そう尋ねられて、はっとした。わたしは乾いた唇を舌で湿して、答えた。

「すみません。ぼんやりしてしまっていて……」

テーブルの上には、紙コップがあり、すっかり冷めたカフェオレが入っている。先ほど少しだけ口をつけたが、やたらに甘いのにひどく薄かった。自動販売機で買ったものだろう。

たぶん、これからの人生、わたしはこういうものばかり飲んで生きていくのだ。そう思ったら、とたんにどうしようもなく悲しくなった。

刑事は、苛立《いらだ》ったような口調を隠さずに言った。

「あなたは、どうしてホテル・カイザリンに放火したのですか?」

どうして。

それを今ここで言うことになんの意味があるのだろう。彼女にそれを説明しても、理解してもらえるとは思わない。

「わたしがやったことはわかっているのに、それが重要なのですか?」

「重要です。あなたが嘘《うそ》の証言をしているかもしれないですから。もちろん、先ほどお話ししたように、駒田《こまだ》さんには黙秘権がありますが、できれば話していただきたいです。なぜ、ホテル・カイザリンに火をつけたのですか」

「ホテルがなくなればいいと思ったからです」

刑事は目を見開いた。

喉《のど》が渇いているけれど、甘いだけのカフェオレなど飲みたくない。

ホテル・カイザリンのサロン・ド・テ、庭園に面したテラス席に座って、ポットサービスされる秋摘みのダージリンが飲みたい。

ポットもカップもあたためられていて、ちゃんと茶葉で淹《い》れられている。渋くなったときお湯を足せるように、魔法瓶のお湯もテーブルの上に置かれている。

十月は薔薇《ばら》の季節で、庭には白や黄色の薔薇が咲き乱れ、テーブルには薄紫の小ぶりな薔薇が飾られている。その中で、わたしは背筋を伸ばして、紅茶のカップを口に運ぶ。

あそこに戻りたい。あの瞬間に戻れたら、わたしはどんな代償でも払うだろう。

だが、どうやっても、もう、あの場所には戻れない。不思議なことに、わたしはそれを少しも後悔していないのだ。

「なぜ、ホテルがなくなればいいと思ったのですか?」

刑事は「なぜ」に力を込めて尋ねた。

わたしは、声を出さずに笑った。

ホテル・カイザリンについてどう語ればいいのだろう。

明治時代の洋館を改装して作られているとか、山の中腹にあり、最寄り駅からはタクシーか、一日数回のシャトルバスを使うしかないとか、サロン・ド・テのアフタヌーンティーが素晴らしいとか、各部屋には創業者が好きだったシェイクスピアの戯曲の名前がついているとか、そんな情報なら、ネットで検索すれば簡単に得られる。

実際にSNSで話題になっているのも見たことがあるし、どこか場違いな女の子たちがサロン・

ド・テやロビー・ラウンジで写真を撮っているのも、何度か見かけた。

それでも、ホテルに漂う静謐《せいひつ》な空気が壊れることなどなかった。不便な場所にあって、アフタヌーンティーも宿泊客以外は予約制だから、流行《はや》り物が好きな客が大挙して押し寄せるようなことはない。きれいな写真を撮りたいという目的の人は、一度訪れれば満足してしまう。何度も足を運ぶのは、このホテルを心から愛する人だけだ。

それに、ビジターとしてサロン・ド・テやレストランを利用するだけでは、このホテルの真価はわからない。

部屋は広くはないが、キングサイズのベッドと各部屋にベランダがあり、暖炉まである。ロビーの暖炉はいつも赤々と燃えているが、部屋の暖炉も頼めば薪《まき》を入れて火をつけてくれる。

客室はそれぞれ内装が違い、何度泊まっても楽しむことができるし、お気に入りの部屋を決めてもいい。

わたしが好きだったのは、マクベスの部屋だ。

少しうす暗い間接照明の中、くすんだ紅色のカーテンは、流れた血のようにも見えた。ベッドカバーもカウチに置かれたクッションも炭灰色で、冬はぱちぱちと爆《は》ぜる暖炉の火を見ながら、わたしはそこで本を読んだ。

その時間だけが、わたしが自分らしくいられる時間だった。

夜は信じられないほど静かだった。建物は道路からも少し離れていて、宿泊客や従業員の車の音以外は、ほとんどなにも聞こえなかった。

静寂が質量を持って、わたしを押し潰《つぶ》すのではないかと思ったほどだった。外界から隔《へだ》てられた、さほど広くない部屋で、わたしはようやく自分を取り戻すことができた。

ひとりでいることを寂しいと感じたことはない。

わたしはいつだってひとりだった。夫といるときも、他の誰かといるときも。

誰かといるときのわたしは、ぬるま湯で薄められていた。誰かの話を熱心な顔で聞き、その人が喜ぶようなことを言う。自分が話したいことも、伝えたいこともなにもなかった。

別れ際、隙のない笑顔で手を振り、背を向けてから、ようやくわたしはわたしに戻るのだ。

それなのに、たったひとりで生きるような能力もなく、絶えず人の表情をうかがっている。それがわたしだった。

ホテル・カイザリンにいる間だけは、少しだけ息がつけた。

今思えば、あのホテルに滞在している人たちは、ほとんど、ホテルに泊まることそのものを目的としているように思えた。

ゆったりとした余生を楽しむ老夫婦や、裕福で遊び慣れた人たち、そしてわたしのように少し現実を忘れたいひとり客が、なにもしないことを楽しむホテルだった。

観光や仕事の旅行で宿泊するのには、あまりにも不便で、温泉もない。フランス料理のレストランも悪くはないけれど、街中でも同じくらい美味《おい》しいレストランはいくらでもある。

だが、あんなふうに静寂と孤独を心ゆくまで味わえる場所は、めったになかった。わたしはいつもひとりだったけれど、ひとりでいることを居心地が悪いと感じたことはない。

従業員たちは、適度な距離を保ちながらも、わたしの存在に心を配っていてくれた。彼らに怪我《けが》がなかったと聞いたときは、心からほっとした。

別の高級ホテルに泊まってみたこともあったが、サービスを過剰に感じるか、反対にただ、建物と内装にお金をかけているだけの宿泊施設だと感じるか、そのどちらかだった。

ホテル・カイザリンにいるときのように、心からリラックスすることはない。

あのホテルの従業員たちは、ひとり客の扱いになれていたのだろう。わたしと同じような、女性のひとり客もよく見かけた。

ライブラリーで本を選んでいたり、ロビーのソファに座って、暖炉の火を眺めていたり、ただ庭園を散歩していたりした。

名前も知らない、年齢もばらばらの女性たち。別の場所で出会っても、顔すら思い出すことのない女性たちなのに、わたしは彼女たちに親しみを感じた。実際にことばを交わし、食事をする現実の知人たちよりも。

彼女たちも、現実の屈託からひととき自由になるために、このホテルにきたのだろうから。

少しだけ、ことばを交わした女性もいた。だが、それ以上親しくなることはなかった。ひとりの時間を楽しみにきているのに、他人とあえて距離を詰める必要などない。

今になって思う。

それなのに、なぜ、わたしは彼女にだけ、特別な感情を抱いてしまったのだろう。

愁子《しゅうこ》をはじめて見かけたときのことは覚えていない。

たぶん、何度かホテル内——サロン・ド・テやロビーですれ違っていたのだろう。ホテルでよく見かける人だな、と思ったのは、ホテル・カイザリンを利用するようになって二年以上経《た》った頃。なんとなく彼女の存在を気にかけるようになった。

後で愁子と話して知ったのは、彼女の方は、その半年も前からわたしのことを意識していたらしい。わたしはいつも大切なものばかり見過ごしてしまう。

はっきり覚えているのは、一年前、庭園で会ったことだ。その日は十月なのに、ひどく暑い日で、愁子は季節外れの麦わら帽子をかぶっていた。

決して若くはない——四十歳を過ぎた女性なのに、リボンのついた麦わら帽子は彼女の横顔を少女のように見せて、なぜかわたしは見入ってしまった。

いつもわたしは、人からどう見られるかということばかり考えていた。

若く見られなくてもいい。だが、若く見られたがっていると思われることだけは耐えられなかった。だから、わたしはいつもグレーや黒のブラウスを着て、ボタンをきっちりと閉めていた。スカートも、かならずふくらはぎが隠れる丈のものしか身につけなかった。髪はいつもひっつめていた。だから、愁子の麦わら帽子と小花模様のワンピースが、どこか腹立たしく思えた。あんな格好をしたら、きっと若く見られたがっている身の程知らずな女性だと思われる。

そう考えた後、次の瞬間に気づいた。

誰に？

振り返って、わたしはワンピースの裾を翻《ひるがえ》しながら歩く女性を見つめた。

彼女は自由だった。わたしみたいに、誰かにどう見られるか、どう判断されるかなんて考えていなかった。

日差しを避けるために、リボンのついた麦わら帽子を選び、暑いから涼しい夏服を着た。ただ、それだけなのだろう。

サンダルは、細いストラップのみで彼女の足に絡みついていて、それがひどくうらやましく感じられた。

わたしの靴は、いつも黒く重く、足を完全に覆《おお》っている。


愁子とはじめて話をしたのは、その年の十二月。ロビーに大きなクリスマスツリーが置かれ、暖炉に火が入れられた季節だった。

その日、わたしは少し早めに、チェックインをした。いつもなら、多少早くても部屋に案内してもらえるのだが、フロント係の男性は表情を曇らせた。

「申し訳ありません。まだお部屋の準備が整っておりません。ロビーでしばらくお待ちいただけますか？」

もちろん、文句はない。チェックイン時間よりも早くきてしまったのはわたしだし、それにホテル・カイザリンにはゆっくりするためにきているのだから。

荷物を預けて、ハンドバッグだけを手に、わたしはロビーに向かった。

暖炉の前のソファに、あの麦わら帽子の女性が座っていた。もちろん、今日は麦わら帽子ではない。燃えるように赤いタートルネックのニットを着ていた。

他にもソファは空いていたが、暖炉のそばに座りたくて、わたしは彼女の座っているソファの向かいにあるもうひとつのソファに腰を下ろした。

一瞬、彼女と目が合ったが、それだけだった。

しばらくわたしたちは、黙って暖炉の火を眺めていた。いきなり、後ろから肩をぽんと叩かれた。

「菱川《ひしかわ》さんじゃない？　菱川さんだよね。ひさしぶり！」

振り返ると、黒いカシミアのコートを着た女性が笑っていた。すぐには思い出せなかった。高校の同級生だということは、少し経ってから気づいた。

わたしはにべもなく言った。

「人違いです」

「えー、嘘。菱川さんでしょ。おつる。全然変わってないからすぐにわかった」

そのあだ名を聞いて、胃が沸騰するように熱くなった。

クラスメイトたちは、わたしの鶴子《つるこ》という古風な名前をからかって、おつると呼んだ。わたしは、そのあだ名が大嫌いだった。

華やかな名前のクラスメイトにそう呼ばれるたびに怒りを感じた。

「なにか勘違いをされているのでは？」

そう強めに言ったときに、向かいの女性が口を開いた。

「その方、菱川さんではありませんよ」

そう言われて元クラスメイトは、一瞬きょとんとした顔になった。ようやく、自分が人違いをしたのだと理解してくれたようだった。

「あの……本当にごめんなさい。高校のときのクラスメイトにあまりにそっくりだったから……」

「いいえ、お気になさらず」

わたしは怒りを抑えて、余裕のある笑顔を作った。彼女はぺこぺこしながら、ロビーを出て行った。タクシーに乗り込むのが見える。

まだチェックインの時間にもなっていないのに、ホテルを出て行くのだから、たぶん宿泊客ではなく、食事に訪れたのだろう。

念のため、今回はあまり、外に出ずに部屋で過ごした方がいいかもしれない。食事はルームサービスで済ませよう。

そう考えてから、わたしは助け船を出してくれた女性にまだ礼を言っていないことに気づいた。

「ありがとうございました」

そう言うと、彼女は読みかけの本を閉じてにっこり笑った。

「そそっかしい人っていますね」

なぜか彼女には本当のことを言わなければならないような衝動にかられた。

「あの……人違いじゃなかったんです。あまり会いたくない人だったから……ごめんなさい」

彼女の目が丸くなる。

「そうだったんですか？　だって駒田さんですよね。以前、チェックインするときに隣だったから、聞こえてきて……なんとなく覚えていたからつい……」

「菱川は旧姓なんです。嘘をつかせてしまってすみません」

彼女は首を振って笑顔になった。

「嘘をつくつもりがなかった嘘なんだから、神様も許してくれると思います」

そう言ったあと、彼女は遠い目になった。

「昔の友達って、嫌ですよね。本人が忘れてしまいたいことも知られているんだから」

どきり、とした。

まるで、わたしのことをよく知っているようなことばだった。麦わら帽子と細いストラップのサンダルを身につけていた女性に、そのことばはあまりに不釣り合いだ。

それとも、彼女もそんな感情に囚《とら》われているのだろうか。

彼女は、八汐《やしお》愁子と名乗った。


マクベス夫人。

愁子はわたしにそんなあだ名をつけていたという。

「前、マクベスの部屋に泊まっているのを見たから」

何ヶ月か前、彼女はマクベスの部屋の、ふたつ先の部屋を使っていて、わたしがマクベスの部屋に入るのを見たのだという。冬物語の部屋だ。

「八汐さんはいつも冬物語の部屋に？」

「わたしは別に決めていないの。いつも違う部屋を選んでいる」

はじめて話をした日、愁子はロミオとジュリエットの部屋に泊まっていた。

彼女は、自分の部屋を見せるから、マクベスの部屋を見せてほしいとわたしに言った。

「まだ、マクベスの部屋には一度も泊まっていないの。予約のときに聞いてみたことがあるけれど、いつも予約が入っていて」

その申し出を不躾《ぶしつけ》だと思わなかったのは、彼女がつけた「マクベス夫人」というあだ名が気に入ったせいもある。

戯曲を読んだことも、お芝居を観《み》たこともない。だが、マクベス夫人が、夫を唆《そそのか》して王を殺させる悪女だということは知っていた。

悪い気はしなかった。自分がそんな人間ならきっと今よりは自由だろう。

ロミオとジュリエットの部屋は、若い恋人たちのラブストーリーにふさわしいような内装だった。シフォンのカーテンが繭《まゆ》のようにベッドを包んでいて、ベッドリネンは白いレースで揃《そろ》えられていた。ベッドのクッションの中にひとつだけ赤いクッションが紛れ込んでいるのは、ジュリエットが流した血を表しているのだろうか。

愁子がレースのカーテンを閉じながらつぶやいた。

「第二火曜日」

わたしは驚いて振り返った。

「どうして……？」

「やはりそうよね。駒田さん、いつも第二火曜日にこのホテルに泊まっている」

なぜ、それを知っているのだろう。少し愁子が怖くなった。

「ごめんなさい。びっくりさせるつもりはなかったの。わたしも第二火曜日に、ここに泊まることが多いから……わたしは日を決めているわけじゃないし、月に何度かここのホテルで息抜きをしているだけなんだけど、第二火曜日に泊まったときにだけ、あなたを見かけるから、ちょっと答え合わせがしたくなっただけ」

ただ、それだけ。愁子はばつの悪そうな顔をして、そう言った。

たしかにわたしは、第二火曜日に、ホテル・カイザリンに泊まることにしていた。月に一度、たった一日だけの気晴らしだったけど、その日だけ本当の自分でいられるような気がしていた。

第二火曜日なのは、その週に夫が上海《シャンハイ》に出張に行くからだ。月曜日から木曜日までの三泊四日の日程で、経営するレストランの上海支店を訪れる。

中でも火曜日なのには理由がある。月曜日は、朝に彼が出て行っても油断できない。飛行機のトラブルで、戻ってきてしまうかもしれない。水曜日と木曜日は早く仕事が終わって、帰国を早める可能性がある。

彼が無事に上海に到着すれば、その翌日の火曜日に帰ってくる確率は低い。第二火曜日がわたしにとって、いちばん自由を満喫できる日だった。

二十代の頃ならば、わたしの行動に目を光らせていた夫も、さすがに四十近くなり、見た目も年相応になるとあまり関心を持たなくなった。それでも彼が家にいるときに、外泊するなど許してもらえるはずはない。

疚《やま》しいことはなにもしていない。ホテルで誰かと密会したことなどないし、するつもりもない。心ゆくまでひとりになれる唯一の時間に、男と会いたいとは、まったく思わない。

夫がわたしの行動を怪しむのなら、興信所でも探偵でも雇って調べさせればいい。だが、わたしの楽しみを、夫の気まぐれで中断させられるのだけは絶対いやだった。

「わたしの部屋は見せたわ。あなたの部屋も見せて」

愁子にそう言われて、わたしは頷《うなず》いた。廊下をふたりで歩いて、マクベスの部屋に向かい、重いキーホルダーのついた鍵でドアを解錠する。

ロミオとジュリエットの部屋から移動してみると、マクベスの部屋はやけに薄暗く見えた。

「素敵な部屋ね……」

愁子はかすれた声で言った。

「あなたにとてもよく似合っている」

彼女は、そう言ったけれど、わたしには彼女の赤いセーターこそが、この部屋にふさわしいように思えた。

かすかに喉が渇いた。

なぜか、なんらかの悪徳を、彼女に唆されているような気がした。


その日、わたしは愁子と一緒に過ごした。

サロン・ド・テでお茶を飲み、夕食をレストランで一緒にとる約束をした。

フランス料理のコースは、料理が運ばれてくるのに時間がかかり、どんなにゆっくり食べても時間をもてあましてしまう。かといって、食事の間に本を読むのも好きではない。

ふたりならば、料理の感想を言い合ったりするだけでも楽しいし、ワインもシェアできる。

ふたりで話していると、急にひとりでいる他の客が、寂しい存在のように思えてくるのが不思議だった。ひとりのときに、あんなに親しみを感じていたのが嘘のようだ。

どんな話をしたのかはあまり覚えていないが、愁子がよく笑ったことを覚えている。わたしは彼女に笑ってほしくて、記憶の中にあるありとあらゆる楽しい話を引っ張り出して披露した。

彼女は笑いすぎて涙を拭《ぬぐ》いながら言った。

「こんな楽しいのはひさしぶり」

「わたしも」

嘘でもお追従《ついしょう》でもない。本当にひさしぶりだった。楽しいことも、誰かに心から笑ってもらいたいと思うことも。

誰が聞いているわけでもないのに、愁子は声をひそめた。

「鶴子さんさえご迷惑でなかったら、わたしもこれから第二火曜日に泊まりにこようかな」

わたしは身を乗り出して言った。

「迷惑だなんて。ぜひ、またご一緒したいです」

そう言ってから、すぐに気づく。

「あ、でも……わたしはこられないときもあるかも……」

夫が風邪でも引いて、出張が中止になってしまえば、わたしは家にいるしかない。

「もちろん、わたしだって、急になにか用事ができてしまうかもしれない。だから、これはゆるい約束。わたしは第二火曜日が空いていたら、ホテル・カイザリンに泊まるし、あなたは今までどおりにすればいいだけ。そして、ふたりが会えたら、こうやって一緒に食事をしましょう」

「会えなかったら……？」

「今までと一緒。このホテルで、ひとりでお茶を飲み、ひとりのテーブルで食事する。ひとりで過ごしたって、ここは最高の場所でしょう」

そうなのだ。わたしも今まではそう思っていた。

だが、なぜか愁子に会えず、ひとりで過ごすと考えただけで、どうしようもなく寄《よ》る辺《べ》ない気持ちになった。

たったひとつの約束が、わたしをよけいに孤独にするようだった。

翌月まで、わたしは怯《おび》えていた。

愁子はああ言ったけれど、第二火曜日に彼女はいないのではないか。単なる気まぐれか、その場しのぎの口から出任せに過ぎないのではないか。

彼女と会えないことを恐れながら、一方でわたしはどこかでそれを望んでいた。

次の夜も、また同じように楽しく過ごせるかどうかわからない。わたしは彼女を失望させるかもしれない。

失望させてしまうよりは、忘れられてしまう方がずっとましだ。もう一度偶然会えれば、微笑《ほほえ》みかけてもらえるだろうから。

一月の第二火曜日、わたしは不安ではち切れそうになりながら、ホテル・カイザリンを訪れた。ロビーの暖炉の前で、愁子の姿を見たときのわたしの喜びがわかるだろうか。

思わず小走りに駆け寄ってしまった。

彼女は少し驚いた顔をして、それから笑った。

チェックインをして、レストランのテーブルを二名で予約し、庭園に散歩に出た。その冬いちばんの寒気と天気予報では言っていたのに、わたしたちは一時間も庭園を歩き回ってしまった。少しも寒いと感じなかった。

愁子は、ピアノ教師だと話した。週二回だけピアノを教えているそうだ。

そんな程度で生活できるのだろうかと不思議に思ってしまった。愁子もそれに気づいたのだろう。

少し寂しそうに目を伏せた。

「夫を早くに亡くしてしまって、その遺産があるから、生活には困っていないの」

たまらなくうらやましいと思った。

わたしも彼女のようになりたい。わたしの夫も大富豪ではないが、それなりに高収入だから、彼が死ねばわたしも愁子のようになれる。

月に一度だけではなく、何度も会うことができる。一緒にどこか旅行にも行けるかもしれない。

上海からの帰国便が落ちればいい。いや、それではたくさんの関係ない人が犠牲になる。飛行機を降りた後、ひとりで交通事故を起こせばいい。

夫を殺したいとまでは思わない。彼はわたしより二十五歳も年上だから、確実にわたしより早く死ぬ。それがわたしの希望だった。だから、煙草をやめろとも、酒を控えろとも言わずに、好きなようにさせていた。

だが、そうは言っても、彼はまだ六十三歳で、二十年以上生きても不思議はない。急にその二十年が耐えがたいものに思われてくる。

夫への愛情などなかった。彼は金で買うように、十九歳のわたしを強引に自分の妻にした。愛されていると感じたことはない。彼にとってわたしは、不動産や証券と同じような財産のひとつに過ぎない。わたしに意志があり、感情があることにすら気づいていないだろう。

許せないのは、最近、彼がわたしの年齢をからかうことだ。白髪《しらが》を発見しては笑い、体型が崩れてきたと笑い、小じわを見つけて笑う。

二十五歳差の年齢が縮まることなどないのに、彼はまるでわたしだけが年をとったように、わたしを扱う。

三十八歳のわたしを嘲笑する彼は、自分がわたしをはじめて抱いたとき、自分が四十四歳だったことをどう思うのだろう。当時の彼も腹は出ていて、髪に白髪も交じっていた。

わたしは彼に抱かれるたびに、自分がすごい勢いで年老いていくような気がした。

彼はわたしよりも早く死ぬ。行為が終わるまで、わたしは心の中で何度もそう繰り返した。


次の月も、その次の月も、愁子に会うことができた。

氷が解けるように寒さが和《やわ》らいでいき、正面玄関から建物までの間にある蠟梅《ろうばい》や、梅や辛夷《こぶし》が、咲いては散り、咲いては散っていった。

五月、うきうきした気持ちでホテル・カイザリンを訪れ、ロビーで愁子を待ったのに、夕方になっても彼女はこなかった。

フロントの従業員に尋ねてみると、予約すら入っていないと言う。

わたしはしょんぼりとうなだれて、部屋へと戻った。

一ヶ月前の会話を思い出し、彼女を失望させるようなことを言っただろうかと考えた。ただ、忙しくてこられなかっただけだと考えて、急に明るくなったり、もう二度と彼女に会えないかもしれないと思って、ベッドに突っ伏して泣いたりした。

夕食をとる気にもならず、部屋でぼんやりとしていた。

他の人が見れば笑うだろう。若くもない女が、なぜひとりの友達と会えなかっただけでこんなに動揺するのか、と。

わたしには、愁子以外の友達はいない。

夫の友達である夫婦と、家族ぐるみのつきあいをすることはあったが、わたしだけの友達はひとりもいなかった。

ずっといなかったわけではない。高校生のときまでは、悩み事をなんでも話せる友達も、たわいのないことで盛り上がって笑い合える友達もいた。

だが、十七歳の夏にわたしはその友達のすべてを失ってしまった。

わたしの父は、名の知られた栄養食品会社の社長だった。一代で会社を大きくしたせいか、テレビや雑誌が取材にくることも多かった。

わたしの本当の母は、わたしが幼いときに父と離婚し、家を出て行った。とはいえ、父が再婚した新しい母とも、うまくやれていたし、そのときは自分が不幸だと考えたことはなかった。

少なくとも、家にはお金がたくさんある。生きることに苦労なんてしなくて済む。わたしはどこかで甘く考えていた。

ある朝、わたしは家に押しかけてきた人々の怒号で、目を覚ました。

なにが起こっているのかわからないまま、テレビをつけた。そこには、自分の家の玄関が映っていた。

父が販売していたダイエットサプリメントで健康被害が出て、過去に亡くなっていた人までいたことが明るみに出たのだ。

それだけではない。栄養食品を販売するときに出していたデータは、嘘にまみれていて、なんの効果もないことがわかったどころか、健康被害が出ていることを知りながら、会社は隠蔽《いんぺい》して販売を続けていたことまでが判明した。

テレビのニュースや週刊誌には、父の顔が大写しで報道されていた。

マスコミから隠れるため、父は病院に入院し、わたしと母は母の実家に身を寄せた。一ヶ月ほど学校を休み、報道が一段落した頃、わたしは学校に戻った。

教室に入ったとき、みんながいっせいにわたしを見た。誰も笑っていなかったし、わたしに話しかけようとしなかった。

視線が刃《やいば》のようにわたしを刺した。

震えながらも、わたしは教室に入り、自分の席に着いた。近くにいたクラスメイトたちが、わたしの机のまわりからさっと離れていった。

喉がからからに渇いた。

昼休み、わたしは隣のクラスの真由子《まゆこ》のところに向かった。

幼稚園からずっと、この私立学校に通っていたが、中でも真由子はいちばんの親友だった。親友のつもりだった。

なのに、彼女はわたしを見て、悲しい顔になった。

「ごめん、お父さんもお母さんも、もう鶴子とはつきあうなって……。ごめん。本当にごめん」

そんなに悲しい顔で謝らないでほしかった。

わたしは今でも真由子を憎めないでいる。たぶん、逆の立場ならば、わたしも同じことを言っただろう。

わたしは高校を中退した。大検をとって、大学受験をしようとしていた矢先、ひとりの実業家が、父の会社を買い取った。訴訟費用も援助してくれるという。

彼が出した条件のひとつが、わたしと結婚することだった。

わたしに選ぶ権利などなかった。お金さえあれば、不幸ではないなんて、どうして考えたりしたのだろう。

夜になって、愁子からメッセージが届いた。

「ごめんなさい。怪我をしてしまって今月は行けません。大した怪我ではないので、来月にまた会いましょう」

わたしはそのファックスを宝物のように抱きしめた。

愁子に失望されないためならば、どんなことでもしたいと思った。

六月は、また愁子と一緒に時間を過ごすことができた。

ひどい雨の日で、庭園を散歩することもできず、サロン・ド・テには高い声で外国人の悪口を言うグループがいて、居心地が悪かった。

愁子がわたしの耳もとで言った。

「わたしの部屋で、ルームサービスでお茶を飲みましょう」

愁子がその日泊まっていたのは、テンペストの部屋だった。

内装は、緑と灰色とくすんだ水色を使って「嵐」を表現していた。ゴブラン織りのソファにふたりで座って、わたしたちは、外の嵐の音を聞いていた。

ふいに、愁子がつぶやいた。

「なにもかも、このまま変わらなければいいのに……」

それはわたしの願いでもあった。多くは望まない。ただ、愁子とふたりで、月に一度会って、こんなふうに静かに時間を過ごせるのなら、それだけでいい。

夫がうんざりするほど長生きして、わたしの方が先に死ぬことになったってかまわない。

なぜだろう。彼女と会えるだけで、ほかにどんなつらいことがあっても、世界を恨まずにいられるような気がした。

愁子が立ち上がって窓を開けた。雨と風が部屋に吹き込んできて、カーテンが舞い上がった。

嵐が渦巻く部屋で、わたしたちははじめてキスをした。

そのままでいたかった。

他のなにを失っても、いちばん大事なものだけを手放さずにいたかった。

だが、世界は簡単に崩壊する。わたしは十七歳のとき、それを知った。


昼間、部屋の掃除をしていると、携帯電話が鳴った。夫からだった。

電話に出る前に、悪い予感がしたような気がした。もっとも、それは後付けの記憶かもしれない。わたしは自分の感情すら信用できない。

「すぐに、荷造りをしてくれ。自分の分と、俺の分。とりあえずは一週間分でいい」

「はい？」

なにを言われているかすぐにはわからなかった。

「荷造りが終わったら、ホテル・カイザリンに行ってくれ。場所は調べて。荷物もあるからタクシーでもいい。俺の名前で予約している」

まさかホテル・カイザリンの名前が、彼の口から出てくるとは思わなかった。

今は第二火曜日ではない。第一水曜日だ。たぶん、愁子と会うことはないだろう。

「でも、なぜ……」

「ホテルに着いたら、説明する。なるべく急いでくれ。あと、パスポートも忘れないで」

わたしは、戸惑いながら、言われたとおり、荷造りをした。自分と夫のパスポートを持ってタクシーを呼ぶ。

「ホテル・カイザリンまで」

そう告げて、わたしは携帯電話でニュースのページを開いた。

トップニュースに夫が経営するファミリーレストランの名前があった。

わたしは息を呑《の》んだ。そのままニュースを読む。

期間限定メニューで、中がレアのハンバーグを出していたが、工場で調理されたそれが、Ｏ１５７に汚染されていたらしい。

百人以上が食中毒で病院に運ばれ、中には重症患者もいると書かれていた。

わたしは放心したようにタクシーのシートに沈み込んだ。

また、同じことが起こる。わたしはすべてを失う。

ただ、十九歳のわたしを夫が欲しがったように、今のわたしを財産として欲しがる人はいないだろう。それが唯一の救いだった。

ホテル・カイザリンにタクシーが到着した。ふたり分の重いスーツケースを、ポーターが運んだ。

案内されたのは、ハムレットの部屋だった。赤を基調にした内装の部屋。壁にはオフィーリアの絵の複製が飾られていた。

この部屋を使うのははじめてだ。愁子との思い出がある部屋でなくて、心から良かったと思う。

夫は、夕方になってやってきた。

険しい顔をして言う。

「明日、謝罪会見をする。その後、シンガポールに飛ぶ。しばらく身を隠そう」

わたしはぽかんと口を開けた。

重症患者の中には、子どもも多く、生死の境をさまよっている患者もいると書かれていた。

わたしの責めるような視線に気づいたのだろう。彼は言い訳のように言った。

「ほとぼりが冷めるまでだ。どうせ俺たちにできることなどない。レストランは閉店して、また名前を変えてやり直す。どうせ、みんなすぐに忘れるさ」

わたしは怒りを抑えて、口を開いた。

「わたしは行かない」

「なぜだ。マスコミに追い回されるぞ」

なぜだろう。父のときも、わたしがなにかをしたわけではない。なのに、人は言うのだ。おまえにも罪がある、と。父や夫の稼いだ金で生きていること自体が罪なのだろうか。

マクベス夫人を思う。彼女は自分で望んで罪を犯し、その手を汚して心を病んだ。

なにも望んでいないのに、ただ知らぬうちに手が血にまみれていたわたしよりも、ずっと自由だ。

「わたしはシンガポールには行きたくない。どうしても連れて行くというのなら、離婚します」

シンガポールに行ってしまえば、愁子とはもう会えない。

メッセージを愁子宛に送ることはできるが、わたしがしばらく身を隠せば、愁子は駒田という姓から、食中毒の件とわたしの不在をつなげて考えるのではないだろうか。

きっと夫の顔と名前は、これから見飽きるほど報道されるはずだ。わたしは、愁子に夫がレストランを経営していることを話してしまっていた。

愁子には、絶対に知られたくない。わたしは真由子の顔を思い出す。

わたしはもう一度言った。

「シンガポールには行かない。そのくらいなら離婚します」

夫は、鼻で笑った。

「マスコミの連中は興味を持つだろうな。俺の妻が、菱川食品の社長の娘だったと知ったら」

わたしは息を呑んだ。

夫は菱川食品を買い取り、そして、名前を変えて、また売り払った。今はすっかり菱川食品の名前は忘れ去られている。

だが、たった二十一年前だ。みんな簡単に思い出す。当時の被害者だっている。

わたしは精一杯虚勢を張った。

「菱川食品とわたしをつなげて考える人なんかいない」

「教えてやれば、簡単に思い出すさ」

わたしの心は絶望で閉ざされる。そうなれば、わたしの顔写真も出回るかもしれない。愁子に隠すことは不可能だし、もうホテル・カイザリンで歓迎されない客になってしまうかもしれない。

「父と夫、両方が死人を出す不祥事を起こした女というのも、おもしろい話題になるだろうな」

「死人……？」

夫は吐き捨てるように言った。

「子どもが死んだ。夜のニュースで報道される」

深夜、わたしはハムレットの部屋を抜け出して、ライブラリーに向かった。眠れない人のために、深夜でもライブラリーの鍵は開いている。誰もいない部屋。窓から月明かりが差し込んでいた。

わたしは愁子を失う。愁子を失望させてしまう。

わたしが、ホテル・カイザリンにもう現れなければ、愁子はすべてを察するだろう。だが、わたしがシンガポールに行かずに、夫と別れれば、夫がわたしのことをマスコミに話してしまう。どうやっても、わたしの夫が、食中毒で死者を出したことは知られてしまう。おまけに父のことまで知られてしまうかもしれない。

愁子がそれでもわたしのことを受け入れてくれるとは思えない。

もし、ホテル・カイザリンがなくなれば。

この美しいホテルが焼け落ちてしまうか、それとも何ヶ月かでも営業停止になれば。

わたしと愁子は、それがゲームのルールのように互いの連絡先を知らせなかった。ホテル・カイザリンで会うのが、わたしたちのゲームだった。

もし、ホテル・カイザリンがしばらくの間でも営業停止になれば、わたしたちが会えないことは不自然ではなくなる。

愁子がわたしに失望することもなく、もう一度会ったときに笑いかけてもらえる。このままでいることが不可能なら、それがわたしのせめてもの願いだった。だから。

わたしはポケットから、ライターを取り出した。夫のスーツのポケットから探してきたものだった。今日ほど、夫が喫煙者であることをありがたいと思ったことはない。

わたしはカーテンに火をつけた。

結局のところ、わたしが燃やすことができたのは、ホテル・カイザリンのライブラリーの一部だけだ。火は小火《ぼや》のうちに消し止められ、宿泊者やスタッフにも怪我はなかった。

わたしは、食中毒のせいで動揺して覚えていないと供述した。たぶん、誰もがわたしが無理心中をはかったと考えているはずだ。

それでいい。本当のことなど、誰にも知られなくていい。

執行猶予はつかなかった。放火が、殺人と同じくらい重い罪だということは、裁判になってからはじめて知った。

別にかまわない。これは、わたしが望んで手を染めた罪だから。

拘置所で、わたしは離婚届にサインした。夫の死を待たずに、心だけは自由になれたというわけだ。

懲役五年。執行猶予なし。いつかはこの罪を悔やむ日がくるのだろうけど、今はまだ少しその感覚は遠くにある。

判決が出る前、拘置所で、わたしは新聞のある記事に目を留めた。

「保険金目当て。夫を事故に見せかけて殺す」

まず、見出しが、次に写真が目に飛び込んできた。

写真は愁子のものだった。

捜査の結果、昨年の五月に愁子が夫を駅のホームから突き落として殺したことが判明したと書かれていた。

わたしは弁護士から事件の詳細を聞いた。

なんでも、愁子は夫婦の貯金を使い込んだことを夫に知られ、離婚を宣言されたという。彼女は専業主婦で、離婚の理由からしても慰謝料はもらえそうもない。夫を殺して、保険金を手に入れようと考えたらしい。

わたしは少し考えた。

彼女が、殺人を犯した理由は本当に、お金そのものだろうか。わたしの存在が少しでも関係している可能性はないのだろうか。

もう一度、会えるかどうかはわからない。だが、もし会えたら、今度こそ、お互いのことをちゃんと理解できる気がした。

孤独の谷

研究室のドアの前に立っている波良原美希《はらばらみき》を見たとき、わたしは不思議と驚きはしなかった。彼女ははじめての授業のときから、わたしの目を惹《ひ》いた。まだ履修授業を決める前の学生たちには、浮ついたような、それでいてこちらを見下すような独特の雰囲気があって、わたしはいつもそれに戸惑ってしまう。たぶん、わたしが、講師の中では若い女であるということも関係しているのだろう。

その中で波良原美希だけは、ひどく真剣な顔でこちらを見ていた。一年生で、まだ研究対象も決めていないはずの学生には不似合いなほどの真剣さで、わたしはすぐに彼女の顔を覚えた。

珍しい姓だから名前もすぐに覚えた。それでも、一学期の終わりが近づいても、わたしは彼女の真剣さがなにに由来しているのかということは気にしなかった。

世の中には、あまり人が興味を持たないジャンルにのめり込む人間がいるものだ。そういう人が集まっているのが大学という場所である。

もっとも多くの学生は、形式的に授業を履修し、レポートを書いて卒業していく。

通り過ぎていく人の中に、たまに立ち止まり、こちらを凝視する人がいる。そういう学生を見逃さないようにするのも、教師の役目だ。

「白柳《しらやなぎ》先生、こんにちは。わたし、一年の『文化人類学1』を履修している波良原と申します」

彼女は少し緊張した面持ちで、そう名乗った。眉も描かず、口紅も塗っていないが、若さで肌が内側から輝いている。

「ええ、知っています。いつも授業を熱心に聞いてくれてますね」

そう言うと、彼女はほっとしたような顔になった。

わたしは研究室に彼女を招き入れた。ときどき、三、四年の熱心で、人懐っこい学生がやってきたり、院生がフィールドワークの相談に来たりすることもあるが、普段は誰もいない。昔は、ふたりの講師がひとつの研究室を使っていたと聞いたが、今は大学の経営方針が変わり、常勤講師が非常勤に取って代わられている。常勤のポストと自由に使える研究室を与えられているわたしは、同世代、特に女性の研究者の中ではかなり恵まれていると言えるだろう。

ソファに座るように言うと、彼女はソファの隅っこに腰を下ろした。わたしはその斜め向かいに座る。

「あの……白柳先生に、ご相談がありまして……。先生のご専門は風土病ですよね」

わたしは頷《うなず》いた。風土病とはその地域にだけ存在する病気のことだ。マラリアなどが有名で範囲も広い風土病だが、他にも土地のミネラル含有量や、地域に生息する寄生虫などによる病気は世界のあちこちで、今もまだ続いている。医師ではないので治療などができるわけではない。だが、風土病がある地域にフィールドワークに行き、そこで起こる貧困や差別などについて研究している。

華やかと言えるようなテーマではないし、医学などとくらべて必要性も薄いと判断されやすいが、人間は社会の中で生きる動物だ。病気の原因が取り除かれても、差別がいつまでも残ることもあり、自分では必要な研究だと考えている。

「わたしはW県の山麓にある纏谷《まとや》という村の出身です。お聞きになったことは？」

はじめて聞く地名だ。その県の他の地域で、昔風土病があったということは知っているが、原因ははっきりしていない。

「ごめんなさい。はじめて聞きました。その村になにか？」

「わたしは波良原の家に、九歳のとき、養子として引き取られました。纏谷という村には、波良原家のものだけが住んでいました。両親の家の他に、伯父夫婦や叔母、叔父など、四軒の家があり、その家族が住んでいました。そこから、近くの町にある小学校に通い始めたわたしは、妙な噂《うわさ》を耳にすることになりました」

「妙な噂？」

美希は舌で唇を湿してから、話を続けた。

「纏谷に住むものは、たったひとりで死ぬのだ、と」

わたしは呼吸を整えた。

「死ぬときはみんなひとりでしょう」

そう言いながら、わたしは自分の言葉に欺瞞《ぎまん》があることに気づいていた。ひとりで死ぬことそのものは、別に不自然なことではないが、誰かに「おまえはひとりで死ぬのだ」と言うとき、そこには悪意がある。

美希は首を横に振った。

「纏谷でもし誰かが謎の死を遂げると、その村のものは、みんな纏谷を出て行く。夫婦は離婚し、兄弟も親子も別々になる。そういう決まりになっているのだと。村の人たちは気の毒そうにそう言いました」

わたしはようやく、美希がなにを相談に来たのか、理解した。

なんらかの伝染性の風土病がそこにあったのかもしれない。だから、ばらばらになることで、みんな身を守った。そして、発症しなかったものだけが、またその土地に戻ってきて、生活を続けた。

「でも、ただの言い伝えでしょう。今はまさかそんなことが……」

わたしのことばを彼女は遮って話し続けた。

「わたしが中学生になったときから、母とわたしは父を置いて、隣の県であるO市の中心部に引っ越して、ふたりで暮らしはじめました。わたしの成績がよかったので、大学進学を見据えて、私立の中学に通うことにしたのです。纏谷から通える高校は限られていましたし、父は地元の仕事で引っ越すことはできませんでしたから。母は、週に一度、纏谷に帰っていましたけど、わたしは部活に熱中していたこともあり、長い休みのときしか帰りませんでした。そのまま高校に進学し、O市での生活を続けていたとき、突然、父が亡くなりました」

わたしははっと背筋を正した。

「お気の毒に……」

美希は口許《くちもと》を少し緩めた。笑みと言うにはささやかすぎるほころびだった。

「いえ、わたしは父とそれほど深い気持ちの交流があったわけではなかったのです。嫌いなわけではなかったですが、養子になってから一緒に暮らしたのも三年ほどでしょうか。でも、こんなに早く逝ってしまうのなら、もっと頻繁に帰って話をしておけばよかったとは思いました。わたしを引き取り、進学をサポートしてくれたことは感謝していました」

彼女は窓の外に目をやって、話し続けた。

「葬式が終わった後、伯父が母を呼び止めて言いました。『あんたも知っている通り、波良原の家のものはみんな違う土地に引っ越して、新しい生活をはじめる。もう纏谷には戻ることはない。たぶん、十五年か、二十年か、もっと経《た》って、なにも起こらなければ、誰かが戻ってくるかもしれないが、誰も戻らないかもしれない。あんたと美希は、そのままO市で暮らすか、それとも他の土地に引っ越すか、好きにすればいい』と」

そのとき、美希はあの噂が、本当のことだったと知ったという。

美希の父親は林業に携わり、自分の会社を経営していた。その会社と山の土地を手放すことで、美希の大学卒業までの学費や生活費はまかなえた。

美希の母は、美希の大学進学と同時に、離れた実家に戻った。

「ちょうど、祖父母も年を取って、老人だけにしておくのは不安だと言っていました。今はそちらで仕事を持っています」

「つまり、お母さんは、波良原の家の出身じゃないんですね」

わたしが尋ねると、美希は頷いた。

「仕事で父と知り合って、結婚したそうです」

「お父様がなぜ、亡くなったのかはお聞きになりましたか？」

「脳梗塞だそうです。ですが、父はまだ四十代で、壮健でした。人間ドックの結果なども見たことがありますが、まったく問題はなかったのです」

だが、検査の結果はただの結果に過ぎない。見逃されていた心臓疾患が死に繋《つな》がることもあるし、それがなくても血栓ができやすい体質というものもある。

「親戚の様子も、少し変わっていました。意外なことが起こったというよりも、恐れていたことが起こった。そんなふうに見えました。三十年ぶりだ、などと口にする人もいました」

だとすれば、三十年前にも同じような疾患で亡くなった人がいたのか。ただ三十年に一度というのは高い頻度ではない。少ない親戚の間でも、そのくらいの長期にわたれば、亡くなる人もいるだろう。

わたしは自分の考えを口にした。

「昔、伝染病かなにかで、亡くなる人がいて、土地を離れることで生き延びる人がいたんじゃないでしょうか。その言い伝えが今に残っているだけでは？」

話を聞く限り風土病と言うほど頻発しているわけではない。波良原の家がたまたま血液関係の病気になりやすい家系で、昔、倒れる人が続いただけという方が納得できる。

美希はわたしの言葉に反論はしなかったが、納得できていない様子なのはわかった。

「他にも気がかりなことが？」

「今年の冬、叔父も脳梗塞で亡くなりました。叔父はドイツにいました」

「ドイツ？」

違う土地に引っ越すにしては、ずいぶん遠くに行ったものだ。

「そのときにわかりました。叔母の真美子《まみこ》さんは、ラトビアという国にいて、伯父である清治《せいじ》さんとその妻の香苗《かなえ》さんはフランス。そして、清治さんの息子の直輝《なおき》さんはラオスにいました」

わたしは息を呑《の》んだ。みんな海外に出ているとはあまり普通のことだとは思えない。

「皆さん、その国になにかご縁があったんでしょうか」

そう尋ねると、美希は首を横に振った。

「聞いたこともありません。英語だって、話せたとは思えない。わたしが中学受験のため、英語の勉強をしていたとき、父も叔父も叔母も、英語は全然わからないと言っていました」

それなのに、彼らは日本から出た。まるでそれが、生き延びる条件であるかのように。

美希は下を向いた。

「わたしは彼らと血縁はありません。でも、纏谷にいたとき、みんなわたしにとても優しくしてくれました。無口で、あまり干渉はしてこない人たちでしたが、彼らはわたしを静かに見守ってくれていました。生まれた家で、実の両親から虐待を受けていたわたしにとって、はじめて安心できる場所に辿《たど》り着けた気がしたんです。ひとりひとりと深い交流を持ったと言うより、その土地と住む人がわたしを保護して、なにかあったら助けてくれる。そう信じられた場所だったんです」

美希は声を詰まらせた。

「父ひとりの病死ならば、運が悪かったのだと思えます。でも、もし、あの優しい人たちが次々に亡くなってしまうようなことがあったら、どうしていいのかわからない。不安で押し潰されそうなんです」

背中を押されるように、わたしの口から言葉が出てきた。

「なにか協力できることがあったら言って。わたしにできることならなんでもする」

そんなことを言うつもりはなかったのに、まるでなにかに操られたようだった。


白柳先生なら、そういう病気をご存じではないですか？

美希はそう尋ねたが、答えはイエスともノーとも言えない。血栓ができやすい体質というのは存在するし、遺伝もそれに関係がないとはいえない。だが、波良原家に伝わる言い伝えに似たものは、聞いたことがない。

伝染病から、身を守るための言い伝えなのか。だが、その言い伝えを守るために、日本を出て、違う国に移り住むのもあまりに極端な話だ。

たまたま、その数週間後、わたしはヘルシンキの学会に出席することになっていた。フィンランドからラトビアはそれほど遠くない。もともと、三日ほど向こうで、休暇を取って観光をするつもりでいた。ラトビアに住んでいるという叔母を訪ねることなどもできるかもしれない。

そう言うと、美希はようやく明るい顔になった。

「お願いします。わたしは親戚を訪ねることを禁じられていますので」

学生の立場では、ヨーロッパへの旅費をひねり出すのも簡単ではないだろう。

ちょうど、わたしにはパリに住んでいる親友がいる。彼女に波良原清治と香苗について、調べてもらうこともできるかもしれない。

「親戚の人たちの住所はご存じですか？」

わたしはそう美希に尋ねた。

「ドイツの叔父が亡くなるまで知りませんでした。ですが、叔父の遺品をいくつか日本に送り返してもらったのです。その中に手帳があり、他の親戚の住所がありました」

美希が見せてくれたスマートフォンの画像を、わたしは書き写した。

波良原清治と香苗はパリに住んでいたが、真美子はラトビアでも首都のリガではなく、聞いたことのない地方の村にいた。直輝が住んでいるのはラオスの中でもタイの国境近くにある村だった。

少し不思議に思った。遺伝病か風土病かはわからないが、死に至る病を恐れて移住するのなら、医療へのアクセスがいい場所に住むはずだ。パリ以外の場所は、医療を受けるのに適しているとは思えない。ラトビアはよく知らないが、ラオスならフィールドワークで何度も訪れている。

「亡くなった叔父様は、どちらにお住まいに？」

「ベルリンです」

こちらは大都会だ。彼は亡くなった後、集団墓地に埋葬されることを望み、その手続きまですませていたという。美希の元に戻ってきたのは、わずかな私物だけだったという。

美希が帰った後、わたしはデータベースで、纏谷や波良原という姓について検索してみたが、それらしい論文は引っかからなかった。検索ワードを変えるにしても、もう少し情報が欲しい。

わたしはパリに住む、親友の光島小夜子《みつしまさよこ》にメールを書いた。


光島から電話があったのは、一週間後だった。

「波良原清治という人も、香苗という人も、パリにはいなかったよ」

「ええっ？」

女性にしては低い、光島の声に懐かしさを感じながらも、わたしは驚いた。

「教えてくれた住所に行ってみたんだけど、そこは小さなホテルだった。波良原という日本人は滞在していなかったんだ。ホテルのオーナーはなにも知らないと言っていたけど、若いフロント係を誘って、ちょっと鼻薬を嗅がせてみてね。くわしいことを聞いた」

鼻薬とは古風な言い回しをするものだ。

「チップを渡したの？」

彼女はふふんと笑った。

「もっと効果のあるやつをね。まあ、あんたは知らない方がいいよ」

マリファナかコカインか。それとも、光島がベッドを共にしたのか。

「オーナーは、波良原から金をもらって、手紙の転送係をやっているだけだ。彼らはここには住んでいない」

「じゃあどこに？」

「セネガル」

わたしは驚いて、声も出なかった。アフリカだ。気軽に移り住めるような場所ではない。

「そのフロント係が波良原に届いた絵はがきをくすねてきてくれてね。それをあんたの家に送った」

「そんなことしてばれないの？」

「フランスでは郵便物はすぐ行方不明になるし、セネガルだってそうだろうよ」

光島は悪びれた様子もなく、そう言った。

「ありがとう。恩に着るよ」

「貸しにしておくよ。忘れるなよ」

この借りは高くつきそうだ。


光島から封筒が届いたのは、その数日後だった。

中には絵はがきの他に、波良原清治のセネガルの住所も書かれていた。だが、セネガルを訪問するのは簡単なことではない。予防接種も必要だろう。

美しい城の写真の絵はがきを裏返し、差し出し人を見る。一瞬、目を疑った。

ラテン文字でパリの住所が書かれているが、差し出し人のところに書かれているのはキリル文字だった。

幸い、大学のときの第二外国語では、ロシア語を選択していた。格変化はすべて忘れてしまったが、キリル文字を読むことはできる。波良原真美子からだった。

ラトビアはロシア系の人々が多いから、キリル文字を使う人も多いのだろう。住所の下に一行だけ書かれている文字を見て、わたしはまた困惑した。たどたどしく書かれているのは、アラビア文字だった。さすがにこれは読めない。

大学の講師にアラビア語が堪能な者がいることを思い出して、画像をメールで送った。

すぐに返事が来た。

「簡単だよ。これは『わたしはあなたを愛している』と書いてあるんだ。だが、書いた人間はアラビア語の初学者だね。間違いだらけだ。本当は単語のはじめと中程と終わりで、文字の形が変わるんだけれど、それがむちゃくちゃだ」

それは勉強するのが大変な言語だ。

内容はあえて、解読する必要もなかった。離れて住んでいる身内へのメッセージだ。

だが、なぜアラビア語なのか。セネガルはフランス語が公用語ではないだろうか。その他に現地の言葉もあるだろうが、アラビア語が使われている地域ではない。

ともかく、ラトビアに住むという波良原真美子を訪ねてみよう。話はそれからだ。

ヘルシンキでの学会を終えると、わたしは飛行機でラトビアの首都、リガに移動した。たった一時間十分、三百七十キロしか離れていないから、東京から大阪くらいの距離だ。もっとも海を挟んでいるので、飛行機か船を使わなくてはならないが。

運がいいことに、わたしは波良原真美子の移住を手伝ったコーディネーターを探し出すことができた。

彼女とリガの空港で待ち合わせをしている。

ダヴィドヴァ貴子《たかこ》というその女性は、ラトビア人と結婚した日本人で、リガの旅行社で働いている。

リガ空港は、小さな空港だったが、新しく清潔で、よい匂いがした。ラトビアのことなどほとんど知らないが、住みやすそうな気がした。ただ、ロシアのすぐそばだから冬は厳しいはずだ。

税関を抜け、空港出口に向かうと、小柄な日本人の女性が、わたしと目を合わせてお辞儀をしてくれた。

「波良原さんのことはよく覚えています。移住を急がれているようでしたから。かなりエキセントリックな人ですよね」

ダヴィドヴァの車で、真美子の住む村に移動する。その途中で話を聞いた。

「ラトビアは移住ビザを取るのが比較的簡単な国なんです。ある程度の値段以上の中古物件を買うことで、移住ビザが取得できます。同じ条件で移住できる国は、他にもいくつかありますが、その中でも安価です」

だいたい一千万円くらいの不動産を購入し、保証金を銀行に預けることで、ビザを取得できるらしい。だが、それでも覚悟のいる金額だ。

「彼女はラトビア語が喋《しゃべ》れたんですか？」

　彼女は首を振る。

「英語も話せませんでした。ロシア語を話す人も多いのですが、ロシア語も。必要なときだけ、日本語を学んでいる学生を通訳として呼び寄せているようです」

「生活はいったい……」

「画家だと聞きました。描き上げた絵を、日本や、他の国の美術商のところに送って売ってもらっているようです」

　ならばどこに住んでもいいのかもしれない。ラトビアはＥＵ加盟国だから、ラトビアの移住ビザを取得できれば、ＥＵ内で住む場所を変えることはできる。

「不思議なのは、彼女がラトビアを選んだ理由です。この国が好きだったとか、憧れていたというわけではなく、移住が比較的簡単な国として選んだように思えました」

　それは波良原の家の言い伝えのためだろうか。だが、あまりにも不思議だ。

　二時間ほどで、真美子の住む村に到着した。村の中心部のコインパーキングに車を止めたダヴィドヴァが言った。

「わたしはこちらから、波良原さんを再訪しないようにときつく言われていますので、ここからは徒歩でお願いします。くれぐれもわたしに聞いたと言わないように」

　スマートフォンでルートを調べると、彼女の家までは歩いて二十分くらいかかった。

「もう少し近くまで送っていただけませんか？」

ダヴィドヴァは首を横に振った。

「家に近づいたことを知られると、怒られますので。ここなら、村に用があったと言い訳できますから」

わたしは諦めて、歩くことにした。夏だというのに、気温は二十度もないだろう。村にいる人たちは短い夏を楽しむように、半袖やノースリーブを着ているが、わたしは分厚いパーカーを脱ぐことができない。

五分ほどで、家が密集する村の中心部を通り過ぎた。あとは牧草地帯と、ぽつり、ぽつりと家があるだけだ。なるほど、ここまで車できてしまえば、真美子に見とがめられる可能性は高くなる。

波良原真美子の住む家が見える。平屋の小さくて可愛《かわい》らしい家で、隣の家からは八百メートルは離れているだろう。

平屋の隣には畑があり、繋がれた山羊《やぎ》が草を食《は》んでいた。のどかな風景で、こんなところに住む真美子のことが、少しうらやましいと感じた。

だが、彼女は好きな場所や自由な生活のために移住をしたわけではない。なにか恐ろしいものから逃げるように日本を出たはずだ。

家から、四十代ほどのふっくらとした女性が出てくるのが見えた。日本人のように見えるから真美子なのだろう。彼女は山羊を撫《な》で、なにかを話しかけている。

わたしは歩みを速めた。

家に向かう小道に足を踏み入れたとき、真美子がこちらを見た。怪しい者ではないことを知らせようと、わたしは声を上げた。

「あの……わたしは、美希さんの知人です。少しお話を伺えませんか？」

真美子の顔色が変わった。小さな声を上げて、逃げ込むように家の中に入った。

扉が閉まり、鍵がかかる音がした。次に窓のカーテンまで閉められる。

わたしは驚いて、立ちすくんだ。山羊だけがのんきな顔で、わたしに近づいてくる。

「あの……、波良原さん？　怪しい者ではありません。美希さんの大学の講師です」

声を上げて呼びかける。

カーテンが開き、窓が開いた。ようやく話ができるとほっとしたのもつかのまだった。

真美子は、こちらに向かって、バケツの水をぶちまけた。わたしはあわてて飛び退《の》いた。なんとか全身にかかることは免れたが、靴とスカートに水がかかる。

再び、窓とカーテンが閉められる。

わたしは下半身をずぶ濡《ぬ》れにしたまま、呆然《ぼうぜん》と立ち尽くした。

真美子の顔に浮かんでいた表情。それは紛れもなく恐怖だった。


濡れた下半身のまま、ダヴィドヴァのところに帰った。幸い、彼女の車のトランクにスーツケースを入れたままだった。

後部座席を借りて着替えさせてもらう。

「それは災難でしたね……」

そう言いながらも、彼女の顔には少しおもしろがるような表情が浮かんでいた。

まあ、夏でよかった。マイナス十度が珍しくない真冬のラトビアで水などかけられたら、命に関わるところだった。

「先ほど、村に唯一ある食料品店で、話を聞いてきました。波良原さんは、ときどき買い物にくるそうです。にこやかに買い物をされるそうですよ」

つまり人を怖がっているわけではなさそうだ。わたしを見て怯《おび》えたのは、わたしが日本から来た美希の知り合いだからかもしれない。

「でも、ダヴィドヴァさんが、波良原さんについて聞いたことが、彼女に伝わったりしない？」

彼女は笑って首を横に振った。

「大丈夫です。彼女はまだラトビア語を話せないようですから」


日本に帰ってから、美希に連絡を取った。研究室で待ち合わせて話をする。

「ごめんなさい。会いに行ったけど、話をしてもらえなかった」

「いいえ、そこまでしていただけるとは思ってませんでした。本当にありがとうございます」

水をかけられたことは黙っておく。彼女に罪悪感を抱かせたくない。

美希はためいきをついた。

「実はわたしも、ラオスの直輝さんに会いに行きました。いてもたってもいられなくて……」

「会えたの？」

「いいえ、タイについてから、直輝さんに電話をかけたんです。いくら禁じられていたとはいえ、わたしに会うことを喜んでくれると思ったんです」

だが、直輝は美希と会うことを拒んだ。美希は口では納得して帰るようなことを言い、直輝の住む村まで行った。

「さすがに、わたしのことをよく知っている人です。借りていた家を即座に引き払って、どこかに姿を隠してしまいました」

わたしは息を呑む。そこまでして、美希を避けなければならない理由とはなんだろう。

美希はひどく傷ついたような顔をしていた。

「直輝さんは、別れたとき、まだ二十歳を少し過ぎたばかりでした。迷信に囚《とら》われるような年齢ではありませんよね」

わたしは頷いた。もしかすると年齢は関係ないのかもしれないが、それでも美希がそう信じているのなら否定したくはなかった。わたしは彼を知らない。

「優しい兄のような人で、わたしは少し彼に恋心を抱いていました。もちろん、妹のように可愛がってもらえるだけで満足だったし、そんなことを口に出したことはありません」

「彼はなんの仕事を？」

そう尋ねると、美希はようやく現実に引き戻されたような顔になった。

「父と同じように林業をやっていました。父の遺産は、伯父や直輝さんにも渡ったはずなので、物価の安い国ではしばらくの間働かないで生きていけるのかもしれません」

だが、いつまでもそうしているわけにはいかない。二十代という若さならなおさらだ。

「わたしはいちばん近いホテルに滞在して、何度か彼の家を訪ねました。直輝さんは戻ってこなかったけど、郵便物は届いていました。こんなハガキを見つけたんです」

美希がわたしに見せたのは、絵はがきだった。

宛名はラテン文字で書かれているが、ラオスの住所らしい。差し出し人の名前はない。

だが消印は、日本、それもW県だった。

「纏谷から、いちばん近い郵便局です」

わたしは絵はがきを裏返した。真っ赤な夕陽に染められた山の風景だった。

地名は書いていないのに、わたしにはそれが日本の風景だということがわかった。杉の木ばかりが植林された山と、合間に覗《のぞ》く道路、雲の形。景色というのは、想像以上に多くの情報をこちらにもたらす。

市販の絵はがきではない。写真を、自分でプリントアウトしたものだ。どこにも文章は書かれておらず、ただ〝K〟というイニシャルだけが書かれていた。

波良原家でKのつく名前を持つ者は、直輝の母の香苗だ。

ＪＲの駅からバスに乗り一時間。バス停で降り、そこから歩いて五キロ。それが纏谷の場所だった。車道は通っているから、車でくればそこまで不便ではないのかもしれないが、あいにくわたしは車の運転をしない。

緩やかな山道を登り続けて一時間半くらい経っただろうか。ふいに視界が開けた。小さな橋があり、それを渡ると苔《こけ》むした石碑があった。

纏谷。石碑にはそう書かれている。

荒れた畑の合間に、少し離れて四つの家。香苗が住んでいるのはいちばん山に近い家だと聞いた。

ここにくることは美希には言わなかった。言えば、彼女も一緒にきたがっただろう。美希に内緒でこんなところまできてしまったのは、波良原家という不思議な一族にひどく惹かれてしまったからかもしれない。

山を下りてくる人の姿が見えた。五十代か六十代くらいの女性。波良原香苗だろう。もっと早く気づくべきだった。美希は「夫婦は離婚し」と言った。なのに、香苗と清治は一緒にパリにいるように装っていた。そしてわたしは清治がセネガルにいるのなら、香苗もそこにいるのだと思い込んでしまった。

香苗は、足を止めてこちらを見た。真美子のように逃げようとはしなかった。清治の妻だということは、彼女は美希の母と同じく、波良原の血縁者ではないのだろう。

香苗は、近づいていったわたしに笑いかけた。柔らかい表情の女性だが、白髪もそのままで、年齢よりも老けて見える。

「だれかが、わたしたちのことを調べているらしいことはあちこちから、伝わってきましたよ」

警告を発したのは真美子か、それとも直輝か。

「わたしは美希さんの大学の講師です。文化人類学が専門で、風土病を研究しています」

「困ったわね。そういうことなら、わたしたちに興味を持っても不思議はないわね」

畑は荒れているが、家はどこもきれいに片付いている。香苗が手入れしているのだろう。

わたしの視線に気づいたのか、香苗が言った。

「わたしは森番みたいなものね。いつか、誰かが戻ってくるかもしれない。そう思って、ここを守り続ける」

わたしは思い切って言った。

「波良原の家のものが、恐れているのは言葉ではないですか？」

香苗は頷いた。

「そう。言語コミュニケーションによって、脳に炎症が起こり、血管が脆弱《ぜいじゃく》になる。そういう一族だと言われている。言葉を使えば使うほど、波良原のものは死に近づいていく」

にわかには信じられない。だが、間違いないのは、彼らがそう信じていることだ。

「以前、多くの人が亡くなったとき、それを研究しようとした医師がいたそうよ。でも、言語コミュニケーションが原因だとわかったことで、当事者はみな怯えてしまった。それ以上医師と連絡を取ることもせず、みんなばらばらになり、山奥や人の少ない島などに移り住んで、人との交流を絶った。でも、あるとき、気づいた者がいた。言葉の通じない土地に移り住めば、人の近くで生きていけるのではないかと」

だから、違う国に行き、そこで生活をはじめる。家族にメッセージを送るときも、お互い読むことのできない文字や写真のみを送る。

その果てしない孤独に息が詰まりそうになる。

香苗はわたしを手招きした。

「うちでお茶でもいかが？　去年干した柿の葉茶がいい出来なのよ」

わたしは頷いた。香苗の家の引き戸を開けると、大きな犬が寝そべっていた。犬はちらりと顔を上げたが、わたしのことを警戒もせず、また眠りはじめた。香苗が完全にひとりではないことに、わたしは少しほっとする。

「捨てられた猟犬らしいの。人間ってひどいことするわよね」

「まったくです」

畳の部屋に上がり、わたしは香苗の淹《い》れてくれた柿の葉茶を飲んだ。

ひどく静かだった。鳥が鳴く声が聞こえてくるが、わたしは鳥の名を知らない。風の音がこんなに大きいと感じたこともはじめてだった。強い風が吹いているわけでもないのに。

「弟――美希の父親は、なにかあったとき、この土地を守る役目を美希にやらせるつもりだったようだけど、土地なんかよりも、彼女の未来の方が大事だからね。彼女には纏谷のことなど忘れて、自由に生きてほしい」

「あなたは自由に生きないいんですか？」

わたしの質問に香苗は笑っただけだった。

しばらくの間、なにも話さずにわたしたちは、柿の葉茶を飲んだ。

「美希さんには本当のことは言わない方がいいですか？」

そう尋ねると、香苗は少し考え込んだ。

「別に言ってもいいんじゃないかしら。彼女は波良原の家の人間ではない。病に怯える必要もない。むしろ、わたしたちが連絡を取らない理由がわかった方がいいのかもしれない」

慕っていた家族たちの運命を知って、悲しむかもしれないが、どちらにせよ、無傷ではいられないのだ。

少し居心地が悪くなる。わたしはなにをしているのだろう。興味本位で、彼らの傷を暴いて。

わたしは立ち上がった。

「お邪魔しました。帰ります」

香苗も立ち上がって、一緒についてきた。

「会えて、お話しできてうれしかった。こんなふうに、誰かとまた話をする日がくるなんて思ってなかった」

かすかに心がざわついた。香苗はもともと波良原の家に生まれた者ではない。美希や美希の母と同じようによそからやってきた人間のはずだ。

少し気味の悪さを感じて、わたしは頭を下げた。

「失礼します」

香苗はもう一度繰り返した。

「会えてうれしかった」

わたしは愛想笑いを浮かべた。わたしの訪問が不快でなかったのならよかった。


バス停まで辿り着いてから、わたしは美希に電話をかけた。

「実は香苗さんに会ってきたの」

わたしは香苗から聞いた話を美希に伝えた。美希が絶句するのがわかった。

「香苗さんは纏谷にまだいるようだから、もし、美希さんが香苗さんと会いたいのなら……」

「違います。白柳先生。波良原の家に生まれたのは香苗さんなんです。結婚して名前を変えたのは清治さんの方なんです。外からやってきたのは清治さんなんです」

わたしは息を呑んだ。もしかすると、取り返しのつかない思い違いをしてしまったかもしれない。

わたしはもう一度きた道を戻りはじめた。

なにもなければいい。そんな病などただの迷信と思い込みで、彼らはそれに囚われているだけならばいい。

だが、もし彼らに伝わる言い伝えが本当ならば。

息を切らしながら、わたしは山道を登り続ける。暗くなってきたから、終バスを逃してしまうかもしれない。だが、このまま帰るわけにはいかないのだ。

犬が吠える声が遠くから聞こえる。胸騒ぎが激しくなる。

香苗の家には電気がついていなかった。吠えているのは間違いなく、彼女の犬だ。

わたしは鍵のかかっていない引き戸を開けた。

玄関先に香苗が倒れていた。だらりと垂れた手で、もう遅いのだということがわかった。

老いた犬のように

編集者の中村《なかむら》が、家を訪ねてきたのは、少し春の気配が漂いはじめた二月の終わりのことだった。

ぼくはというと、その冬は大して外に出ないくせに、何度もタチの悪い風邪を引いて、少しも仕事にならなかった。予定していた連載の取材もできず、開始を先延ばしにしてもらうことになったし、やるつもりだった書き下ろしにも手をつけることができなかった。

幸い、一昨年出した単行本が、文庫として出版されることになり、中村はできあがった見本を届けにきてくれたのだ。とりあえず、これであと何ヶ月かは生きていられる。もちろん、多少の貯金はあり、本が出ないからといって、すぐに路頭に迷うわけではないが、それでもまったくの無収入で、銀行口座の残高が減っていくだけというのは、心が荒《すさ》むものだ。

中村をリビングに通すと、彼はぐるりとリビングを見回した。

「意外にきれいにしていらっしゃるじゃないですか。安心しました」

「うちにきたのははじめてじゃないだろう」

ぼくは、彼がなにを言おうとしているのか理解しつつ、わざとそれに気づかないふりをした。

家がきれいなのは、週に一度家事サービスの女性がきて、片付けてくれるからだ。シンクに溜まった洗い物をすべて洗い、洗濯機と乾燥機をまわし、うちに届いた郵便物をぼくに見せて確認し、不要なものは捨てる。玄関にまとめられたゴミを、ぼくがゴミの日に出せば、それで家の中は整えられる。

家事サービスは、葵《あおい》が家を出るときに契約していったものだ。

「必要なければ解約すればいい」

彼女はそう言ったし、ぼくも最初は解約するつもりだった。だが、週に一度きてくれる家事サービスの女性がいなければ、家はあっという間にゴミ屋敷になってしまう。

風邪で寝込んだときも、簡単に作れるうどんや、レトルトの粥《かゆ》などを買ってきてくれて助かった。

葵がいたときは、乾燥機など使わなかった。彼女はいつも洗濯物を庭に干していた。ぼくは仕事をしながら、白いシーツがはためくのを眺めていたし、その光景が好きだった。

出て行く三ヶ月前に、葵が乾燥機が欲しいと言い出したときには驚いたが、彼女にだって楽をする権利はあると思ってそれを承諾した。まさかそれが家を出るための準備だったとは思わなかった。

そう、中村が「意外にきれいにしている」と言ったのは、妻に出て行かれた男にしては、という意味だ。理解しつつ、ぼくはそれに気づかないふりをする。

「梅田《うめだ》先生、文庫も一段落したことですし、そろそろ新しい連載のことも考えてはいただけないでしょうか」

「うん……」

わかっている。声を掛けてもらえるうちが花だ。出した本は重版されるし、一応、人気作家と呼ばれることはあるが、それでも何百万部と売れるほどのベストセラー作家でもないし、五十代という年齢はリタイアするのには早い。

働かなければ、貯金は底をつき、干上がってしまう。

だが、どうしても気力が出ない。もうこのまま枯れるように死んでいくのなら、それもいいかと思ってしまう。

病院には行って、眠剤だけはもらっているが、眠りはいつも重苦しく、目覚めた後、爽やかな気持ちになることもない。

それでもぼくは一応、笑顔を作る。

「そうだね。そろそろ。来月くらいまでには考えておくよ」

来月になったとしても、なにが変わるのだろう。葵はたぶん、もう戻ってこない。

ぼくはかけがえのない半身を失ってしまった。

葵はぼくのミューズだった。

そう言うと、たぶん葵を知っている人間は驚き、そして少し笑うのだろう。

特に美しくもなく、もちろん若くもない。知り合ったのはぼくが三十二歳のときで、彼女が二十九歳だった。三年後に結婚し、そこから二十年以上、一緒にいた。

学歴は専門学校卒で、容姿も平凡だったが、彼女は本が好きだった。彼女と話していれば、時間はいつもあっという間に流れた。同じ家に住んで、毎日話をしているのに、彼女と過ごす時間が退屈だと感じたことなどない。

なによりも、彼女は優しい人間だった。

ふたりで歩いていると、しょっちゅう近所の人から話しかけられた。彼女が近所づきあいをうまくこなし、まわりの人にも頼られていることがよくわかった。

葵は、庭に家庭菜園を作り、野菜などをよく育てていた。夏はトマトや茄子、冬は大根などがいつも食卓に並んだし、近所の人にもよくお裾分けをしているのだと言っていた。

ぼくの気むずかしい姉も、葵のことをとても気に入っていたし、うちにやってくるときには、葵に手土産を欠かさなかった。

姉が一昨年、まだ五十九歳の若さで亡くなったときも、葵はよく病院に行き、姉のそばについてやっていた。ぼくは仕事の忙しさにかまけ、あまり病院に顔を出すことはできなかった。

いや、本当のことをいうと、怖かったのだ。あれほど気丈だった姉が、日々、やせ衰え、弱っていく姿を見るのが。

葵は強く、そして優しい。ぼくはいつもそんな彼女を尊敬していた。

外できれいに化粧をして働いている女性よりも、水仕事で荒れた彼女の手を美しいと思ったし、庭で野菜を育て、身体《からだ》を壊した身内の世話をできることは尊いと思った。

彼女はぼくの半身だと思っていた。

だから、彼女がぼくと別れたいと言いだしたときは、驚いて絶望した。なんとかして止められないかと思った。

「わたしはあなたの創作活動に充分貢献していたはずだから、その分はもらうし、あなたが争うと言っても、この家は出て行く」

そのときに、ぼくは姉が、生前贈与という形で、葵にお金を残していたと知った。看病してくれたから報いたいのだと、姉は葵に言ったらしい。

姉は未婚だったが、ぼくたちの両親もまだ生きている。葵に直接、遺産を残すことになるといろいろ揉《も》めたかもしれない。

ぼくが受け取った姉の遺産はごくわずかだったが、ぼくはそれを葵に渡すことなど考えもしなかった。だからといって、ぼくが吝嗇《けち》だったとは思わないでほしい。夫婦なのだから、ぼくのお金は、彼女のお金も同然だと思っていた。

普段、贅沢もせず、本は図書館で借りたり、ぼくに送られてきたものを読んでいた彼女が、離婚のときに、いきなりお金のことばかり言いだしたことにも、ひどく驚いた。

「あなたは、結婚するときもほとんど貯金はなかったし、最初の五年間は、あまり本も売れなかったから、わたしが働いたお金で生活していた。でも、そのおかげであなたは執筆に集中できたはずだし、小説家として軌道に乗ったあとも、家のことは全部わたしがやっていた。あなただけの力で小説家としてやってきたわけではないはず」

彼女は確かにぼくのミューズで、そういう意味では、ぼくの小説の半分は、彼女の力でできていたのかもしれない。

だが、ぼくの知っている彼女は、こんなことを言う人ではなかった。身近にいる人には心を尽くし、見返りなど求めず、庭に種を蒔《ま》いて、それを育てることに喜びを覚える人だった。

もしかすると、姉が渡したお金が、葵を変えてしまったのかもしれない。

だとすると、ぼくが愛した彼女は、もう戻ってはこないのだ。


一日に一度、ＳＮＳにアクセスして、日常の写真一枚と、なんてことないひとことをつぶやく。数少ない、ぼくの日課だった。

毎日、なんらかの発信をすることで、フォロワーは少しでも増えるし、本が出るときには宣伝もできる。政治的な話題などには触れないし、特におもしろい発言もしないから、ぼくの数少ないフォロワーのほとんどは読者だろう。

自著の宣伝だけでは読んでくれる人間は少ない。なんてことのないひとことでも、毎日つぶやくことで、親しみを持ってもらえるのだと、編集者に力説されたのだ。

あとは、生存報告のつもりもあった。妻がいたときには、一ヶ月なんの書き込みもしなくても、編集者が心配して、連絡をしてくることなどなかった。今は数日間黙っていただけで、電話がかかってくる。

独り身の男というのは、かくも頼りないと思われているのだろうか。

まあ、スマホで写真を撮り、一言添えるだけなら大した手間ではない。他の作家の発信もほとんど読まないし、ＳＮＳで時間を潰す趣味はない。

昨日は、近所の喫茶店に行き、オムライスの写真を上げた。その後、すぐに、よくやりとりをする読者の女性が、リプライをくれたのを覚えている。

「おいしそうですね。もしかしたら、わたしもよく行く喫茶店かも」

リプライなどは、すぐにつけずに、翌日アクセスしたときにつけるようにしている。すぐに返事をしなければと思ってしまうと苦痛になるし、やりとりが続くのも煩わしい。

だが、ついていたはずの、そのリプライがなかった。

おや、と、思ったとき、ダイレクトメールが届いていることに気づく。

「南風」というハンドルのその女性からだった。

「昨日は、はしゃいでリプライしてしまってごめんなさい。梅田先生がお近くに住んでいるかも、と思って、うれしくなってしまいましたが、おくつろぎの場所に行きにくくなってしまうかもしれないと思って、消しました。もし、お見かけすることがあっても、声などおかけしませんので、どうかご容赦ください」

南風さんは、過去にサイン会にもきてくれたことがある。まだ二十五歳くらいだろうか。すらりとして、垢抜《あかぬ》けていて、なかなかの美人だった。

ぼくの読者は男性が多かったから、こんな美人が愛読者でいてくれるのか、と、うれしかったのを覚えている。

SNSでも、ときどきリプライをくれるが、いつも気持ちのいい会話ができる。知的な人だと思う。

だから、こう返事した。

「もし、見かけたら、お声をかけてくださってもかまいませんよ。喫茶店ではあまり仕事しませんし、食事をするか、コーヒーを飲むかしているだけなので」

そこに、かすかな高揚がまったくなかったと言えば嘘《うそ》になる。だが、年齢も離れているし、ロマンスを期待するほど図々しくもない。

ただ、自分が若い女性から好かれていると思うのは、悪い気分ではなかった。


南風さんをいきつけの喫茶店で見かけたのは、そこから一ヶ月くらい経《た》ったある日のことだった。

二月も終わりになり、暖かい日も増えたが、ぼくはいまだに分厚いコートを着て、家ではこたつから出ることができなかった。

彼女は、薄手のトレンチコートを席の隣に置き、ひとりでノートパソコンに向かっていた。

マスクをしているから確信は持てないが、それでも以前、サイン会で会ったとき、同じトレンチコートを着ていたような気がする。もちろん、サイン会で会った人をすべて覚えているわけではないが、さすがに彼女ほどの美人は覚えている。

彼女はちらりとこちらを見て、少し驚いた顔になった。それで本人だとわかった。

その日は会釈だけで終わったが、ときどき、同じ喫茶店で彼女を見かけるようになった。挨拶もしていないし、向こうから話しかけてくるのならまだしも、ぼくから話しかけるつもりはなかった。

いくら読者だからといって、こちらから若い女性に話しかけるなんて、あまり外聞がいい行動だと思えない。それに、ぼく自身も、彼女とこれ以上親しくなりたいとも思わない。

彼女は垢抜けた美人だが、ぼくが愛するような女性ではない。

流行の髪型と、華やかなメイク、爪はいつも長く伸ばして、奇抜な色に塗られている。着ている服も安物には見えないから、裕福な生活をしているのだろう。

葵とは正反対の女性だった。ぼくは常に、こういう女性をどこか鼻持ちならない人間だと考えていた。それは今でもあまり変わらない。

もちろん、南風さんはSNSでの発言も知的で、押しつけがましいところのない人だということはわかっている。それでも、華やかな女性に対する苦手意識は簡単に拭い去れない。

だから、南風さんと会話を交わすようになったのは、まったくの偶然だった。

四月のある日、喫茶店のいつもの席で、読書をしていたとき、ふとした拍子でお冷やのグラスを倒してしまったのだ。

あわてて、おしぼりで拭いたが、水はテーブルの上に広がり、ぼくのズボンを濡《ぬ》らした。

「すみません。おしぼりかタオルいただけませんか?」

馴染《なじ》みのウエイトレスに声をかけたが、彼女はすぐにこられないようだった。

ぼくの目の前にすっと水色のハンカチが差し出された。レースの縁取りのあるタオルハンカチだった。

顔を上げると南風さんがいた。

「どうぞ、お使いください」

「いや、こんなきれいなハンカチをお借りするわけには」

「タオル地ですから気にしないでください。それに本が濡れちゃう」

たしかに、ぼくが読んでいた本の表紙にも水がかかっていた。本を濡らしたくなくて、ぼくはとっさにそのハンカチを受け取って、本を拭いた。

ウエイトレスが、ようやくタオルを持ってきてくれて、ぼくは自分の濡れたズボンを拭うことができた。みっともない姿で帰らなくてはならないが、まあ、自業自得だ。

南風さんは、いつの間にか自分の席に戻っていた。ぼくは、タオルハンカチを持って近づいた。

「ありがとうございました。洗ってお返しします」

南風さんはマスク越しに柔らかく微笑《ほほえ》んだ。

「お気になさらず。そのままで大丈夫です。あきらかに女物ですから、奥さんが誤解したら申し訳ないですし……」

思わず言ってしまった。

「妻とは去年別れたんです。だから大丈夫です。ここのマスターに預けておきます」

南風さんは驚いた顔になった。

離婚したことは、SNSなどでは公言していないから、親しい編集者しか知らない。

「失礼なことを言ってしまってごめんなさい。わたし、失言ばかりですね」

「そんなことはありませんよ。お気になさらず」

会話はそれで終わった。

ぼくは水色のタオルハンカチを鞄《かばん》にしまい、喫茶店を出た。

彼女とは、なにも起こらない。ただ、ハンカチを借りただけだ。そう思うのに、どこか心がざわめいた。


下心などない。それは確かなのに、ぼくはそのハンカチをマスターには預けなかった。駅前のパティスリーで小さなチョコレートの箱を買い、お礼代わりにそれと一緒に渡そうとしたのだ。ただ、常連客というだけなのに、預けものまでするのはマスターに悪い。そんなふうに自分に言い訳をした。

ハンカチは、家事サービスの女性が洗って、アイロンもかけてくれた。

南風さんは、あれから以前よりも、よくSNSでリプライをくれるようになった。前は返事をしたり、しなかったりだったが、最近ではぼくも彼女には必ず返事をするようになっていた。

彼女とまた会えたのは、五月の終わり、そろそろ半袖が恋しくなるような蒸し暑い日だった。ぼくはようやく、新しい連載のための資料読みに取りかかっていた。

喫茶店に入ろうとすると、窓際の席に彼女が座っているのが見えた。いつものようにノートパソコンを開いている。

ふと好奇心が生まれて、ぼくは窓からノートパソコンの液晶画面をちらりと見た。縦書きのそのワープロソフトは、小説家が好んで使っているものだった。

喫茶店に入り、自分の気に入った席に座り、アイスコーヒーを注文してから考える。彼女は小説を書いているのだろうか。

今はインターネットで小説を発表できるし、同人誌を作ったりしている若い女性も多い。彼女が読書家だということは知っていたのに、まさか小説を書いているとは、一度も想像したことがなかった。

それは彼女が華やかな美人だからだろうか。だとすれば、偏見だ。パーティに行けば、美人作家もいるし美男の作家もいる。

とりあえず、せっかく会えたのだから、ハンカチを返さなければならない。ぼくは鞄に入れたままのハンカチとチョコレートの箱を持って、彼女の席に向かった。

ぼくに気づくと、彼女は笑顔で会釈をした。

「遅くなってしまって申しわけありません。このあいだはありがとうございました」

そう言って、ハンカチとチョコレートの箱を渡すと、彼女は目を輝かせた。

「わあ、かえってお気を遣わせてしまって申し訳ないです。でも、ありがとうございます」

ぼくは勇気を出して、彼女の向かいに座った。彼女は少し驚いた顔をしたが、不快そうな様子は見せなかった。

「いつもお仕事をされているんですか？」

「いいえ、実は小説を書いているんです。プロになりたくて、新人賞に応募しているんですけれど、いつも一次予選までしか通らなくて……」

「一次予選を通れば、見込みはありますよ」

これはリップサービスだ。一次予選を通らないような作品に見込みがないのは事実だが、その先は玉石混淆だ。だが、プロになった作家の中にも、最初は一次予選を通過するのが精一杯だったという者はいるし、ぼくだってそうだ。

ぼくは思い切って言った。

「もしよかったら、ぼくが読んで、アドバイスしましょうか」

普段ならこんなことは絶対言わない。だから、下心を疑われても仕方がない。

だが、それよりも南風さんがどんな小説を書くのか興味があった。見かけのように都会的でスタイリッシュな小説か、それともぼくの愛読者だというから、ぼくに似ているのか。

彼女は何度かまばたきをした。

「いいんですか？　でも、そんなお手を煩わせるようなこと……」

「いいんですよ。ぼくも感性がずいぶん摩耗してきたから、若い方の書く、新鮮な作品を読んで、刺激を受けたいんです」

それは半分本当で、半分は嘘だ。彼女の書く小説に興味がある。だが、一次予選を通過する程度の作品ならば、影響を受けるようなこともないだろう。

もし、最終選考に残るような作品ならば、さすがにこんなことは言わない。逆にこちらが打ちのめされてしまう可能性だってある。

「わあ、本当にうれしいです。実は、梅田先生に読んでもらえたらってずっと思っていました。頑張って完成させます」

的外れな申し出でなくてよかった。ぼくは彼女に住所を教えた。

これまでの礼儀正しい態度を思えば、いきなり家に訪ねてきたり、ストーカーのような態度を取ったりはしないだろう。

あまり話し込むことなく、席を立ち、自分のテーブルに戻る。こんな晴れやかな気持ちになったのはいつ以来だろうか。

仕事をしたい、と、ひさしぶりに思った。


葵は、ぼくの思っていたような女性ではなかった。二十年間一緒にいても、ぼくは彼女の本質をなにも理解していなかった。

だとすれば、華やかで垢抜けているように見える南風さんが、ぼくがこれまで抱いていたイメージと違い、ただ浮ついているだけの人間ではない可能性だってあるではないか。

ぼくはたぶん、まだ女性のことなど本当に理解できていないのだ。


南風さんから大きめの封筒が届いたのは、二週間ほど後のことだった。

彼女の本名はひどく平凡で、聞いたはしから忘れてしまいそうだった。南風というあたたかみのあるハンドルの方が、彼女に似合っている。

中に入っていたのは、丁寧なお礼の手紙と、七十枚ほどの短編小説だった。手紙にはメールアドレスと携帯電話の番号まで書いてあって、ぼくは相好《そうごう》を崩した。彼女は、ぼくともっと親しくなりたいと思っているのだろうか。

もちろん、親しくなりたいといっても、それが恋愛関係になりたいという意味だとは思っていない。そこを誤解してはいけない。強引に迫ることが男らしいという時代ではないことは知っているし、もともとそういうことは嫌いだ。

ソファに座って小説を読み始める。

SNSなどの書き込みから、語彙が豊かで頭がいいことは窺《うかが》えたが、やはり文章はちゃんとしていた。

だが、ミステリとしては、どこかで聞いた話だし、あまりおもしろくはない。オフィスで起こる殺人事件をOLたちが解くというのは、あまりにもリアリティがなさすぎる。

ただ、主人公のOLが、自宅でひとり老犬を飼っていて、その介護をしている場面は、主な筋とあまり関係ないのに、やけに魅力的だった。

むしろ、そちらを中心にした小説にした方が、いいのではないかと思ったほどだった。ぼくは南風さんにメールを送った。いつもの喫茶店で話をするつもりだったが、彼女は駅前にある個室の焼き肉レストランを提案してきた。

「せっかくですから、アドバイスをいただく代わりにごちそうさせてください」

一度は辞退したが、それでももうずっとひとりで食事をしていることに気づく。

ひとりで食べる食事は、砂を嚙《か》むようにわびしい。誰かと、しかも感じのいい南風さんと食事をしたら、どんなに楽しいだろう。

そう思うと、彼女と会う日が楽しみで仕方なかった。

約束の日、焼き肉レストランに到着すると、ぼくは同席の女性ではなく、こちらに会計をまわしてもらうように、店員に頼んだ。

これで南風さんが先に払ってしまうことはない。その後、トイレにでも行くふりをして、ぼくが払えばいい。

どうも女性に奢《おご》られると思うと、好きなものを頼めない。

個室に案内されると、南風さんは先に到着していた。

ふたりでビールを頼み、コースの焼き肉を持ってきてもらうことにした。南風さんはトングで、分厚いタンを網の上にのせた。

ちょうどいい焼き加減になったものを、ぼくの皿に入れてくれる。

酒は好きだが、強いとは言えない。酔いが回る前に小説の話をしておきたかった。

「短編、おもしろかったよ。特に老犬を介護している場面がいいね」

南風さんは、少しはにかんだように笑った。

「わたし、犬が好きなんです。今も家に老犬がいて……もう目も見えないし、耳もあまり聞こえてないんですけど、その子の面倒を見るときに、なによりも喜びを感じるんです」

胸が熱くなった。やはり、彼女はとても優しい人間だ。

「思うんだが、やはり、そういう、見返りを求めない献身というのは、女性が持ち合わせているなによりの美徳だね。男性では、なかなかそうはできないよ」

そう言ってしまってはっとする。前に同じことを言って、女性編集者から抗議されたことを覚えている。

「ぼくは、女性差別主義者じゃない。むしろ女性を尊敬していて、男性のことを嫌悪しているのかもしれない。だからこそ、こう思うんだ」

「先生の小説に出てくるヒロインも、いつも優しくて純粋で、主人公に心から献身的に尽くす人ばかりですよね。わたし、彼女たちの描かれ方が好きなんです」

それを聞いてほっとした。ある賞の候補になったとき、選考委員からその部分を酷評されたことは、心の傷になっている。だが、理想の女性を書いてなにが悪いのだと思っている。悪女ばかりを出して、女性差別主義者だと言われるならわかるが、むしろぼくは逆だ。

「奥さんもそういう人だったんですよね」

そう言われて、ぼくは息を呑《の》んだ。

昔、葵のことをエッセイに書いたことがある。南風さんはそれを読んだのだろう。

葵が、熱心に姉の看病をする姿に心を打たれ、葬儀で泣きじゃくる顔を美しいと思った。自分とは血のつながりのない相手なのに、こんなに献身的に尽くして、その死を悲しむなんて、さすがはぼくの愛した女性だと思ったのだ。

だが、なんのことはない。葵は姉から金をもらっていた。だから、あんなに足繁《あししげ》く病院に通い、死を悲しんだのだ。

それだけではない。ぼくは嫌な記憶を押し流すために、ビールをあおり、彼女が焼いてくれた肉を食った。

ぼくの気持ちに気づかないかのように、南風さんは話を続ける。

「家庭菜園で、野菜を作って、花を植えて、近所の人と仲良くできて……、わたしもエッセイを読んで、なんて素敵な人なんだろうって思いました」

「もうその話はやめよう」

耐えきれなくなってそう言うと、南風さんはやっと気づいたようだった。

「ごめんなさい。わたし、失礼なことを……」

「いや、そうじゃないんだ。大丈夫だ。あなたはなにも悪くない」

悪いのは、ぼくを裏切った葵と、葵の本性を見抜けなかったぼくだ。

その後は、散々だった。最初に急いで飲んでしまったせいか、ビールはあっという間に回ってしまった。

ひさしぶりに、脂のたっぷり乗った肉やホルモンを食べたのも悪かったのかもしれない。

機嫌よくいろいろ喋《しゃべ》った記憶はあるが、その後は気分の悪さと、目眩《めまい》に襲われて、焼き肉レストランの座敷で、しばらく横になることしかできなかった。

南風さんが水や烏龍茶を頼んでくれたり、座布団を敷いて、横になりやすいようにしてくれたり、甲斐甲斐しく面倒を見てくれた。

ぎりぎり吐くことはなかったが、座敷でうんうん唸《うな》っている自分が情けない。

気が付けば、少し眠ってしまっていた。軽く揺り起こされて目が覚める。

「先生、もう閉店だそうです。タクシー呼びました。起きられますか？」

南風さんの声がする。眠ったせいで、体調は少し回復したようだった。

「すまない……食事代を……」

「いいんです。今日はわたしがごちそうするつもりだったんですから」

いくら、店員に根回ししたとしても、潰れてしまっては元も子もない。ぼくはなんとか起き上がって、鞄を持った。

たぶん、もうレストランに残っているのは、ぼくたちだけだったのだろう。店員に見送られて、やってきたタクシーに乗る。

「大丈夫だ。ひとりで帰れる」

「そういうわけにはいきません。飲ませたのはわたしですし……」

南風さんはそう言って、タクシーの座席に乗り込んだ。

家について、自分がタクシーを降りたら、あとは万札でも渡して、そのまま同じタクシーで彼女に帰ってもらえば、多少は面目も立つだろうか。

そう思っていたのに、タクシーに揺られているうちに、ひどく気分が悪くなってきた。

「すまん。少し降ろしてくれ」

ぼくは運転手にそう言った。車が停《と》まると同時に、ドアを開けてまろびでて、そばの植え込みに嘔吐《おうと》する。

情けないことに服にも嘔吐物がかかってしまった。

南風さんは、ぼくのシャツにかかった嘔吐物を、水色のハンカチで拭ってくれた。

「本当にすまない。情けない限りだ」

もう洗って返すなどと虚勢を張る余裕もない。

もう一度タクシーに乗り、ようやく自宅に到着する。彼女が一緒にタクシーを降りるのを止めるのも忘れていた。

自宅のドアを開け、南風さんの肩を借り、ようやくソファに座った。

彼女を家に入れるつもりなどなかった。だが、邪《よこしま》な気持ちなど浮かびそうにない惨状なのは、かえって幸運だったのかもしれない。

彼女が汲んでくれた水を飲み、汚れたシャツを脱いだ。ぼくは頽《くずお》れるように、ソファに横になった。

「すまない。タクシーを呼んで帰ってくれて大丈夫だ。鍵は開けたままでいいから。本当にありがとう」

「大丈夫です。お気になさらないでください」

彼女の声を聞きながら、ぼくはまた眠りに落ちた。

葵の夢を見た。

離婚したいと言われたとき、ぼくはそれを拒否した。別れる理由などない。そう思ったからだ。

だが、彼女は荷物をまとめて出て行き、代わりに女性の弁護士が現れた。

「梅田さんは人気商売でもありますし、あまり揉めずに、協議離婚に応じた方がいいと思われますよ」

「どういうことだ。離婚を言い渡される理由などない」

女性は分厚いファイルをぼくに渡した。

「ここ数年間、葵さんが残していた記録です。原本はうちが保管しています」

それを見て驚く。

「四月二十九日、テレビの夜のニュースで出た女性専用車の話に、わたしが好意的なことを言ったのが気に入らなかったのか、午前三時までねちねちと嫌味を言われる。十二時頃、『もうあなたの言うことが正しいのでいいです』と言ったことが気に入らなかったらしく、そこからさらに三時間説教が続いた」

「八月二日、最近体調がすぐれないから、お盆は実家に帰らず、家で過ごしたいと言ったら、それが気に入らなかったらしく、お義母《かあ》さんがいかに家で寂しく過ごしているか、自分に会いたがっているか、という話ばかりする。話を切り上げて寝ようとしたが、ベッドに入っても、同じ話を続け、わたしが寝ようとしたら、揺り起こされる。結局寝たのは、午前五時になってからだった」

「ストレスで眠れないので、眠剤をもらったが、飲むとすぐに眠くなってしまう。彼が仕事をしている間に寝たのが気に入らなかったのか、何度も起こされた。眠剤を飲んだ状態で、起こされたせいで、耐えきれず、吐いてしまうと、『当てつけみたいに』と言われた」

まったく記憶にないものも、うっすらとそんな話をしたような記憶があるものもあった。

だが、悪意などなにもなかったし、ただ妻と話をしていただけだ。寝ている彼女を起こしたのも、小説の執筆で気分が高揚して、自分の話を聞いて欲しかっただけだ。

彼女はなにも仕事をしていないのだから、好きなときに寝ればいい。ぼくが話したいときくらい、少しは話を聞いてくれてもいいだろうと思ったのだ。

「こういうことも、すべてDVとして扱われます」

それを聞いたとき、ぼくは笑い出してしまった。

「DV？　ぼくは彼女に手を上げたことなどないぞ」

「ええ、長時間の説教も、寝かさないこともモラハラですし、DVです」

「ただ、話をしただけなのに？」

女性弁護士は、あきらかに軽蔑したような顔で、ぼくを見た。

「ええ、あなたのやったことはDVです」

とうてい受け入れられない。妻と話しただけでDVになるなんて。だが、出版社から紹介された弁護士に相談しても、彼はあまりいい顔をしなかった。

「もちろん、争うこともできます。ひとつひとつの真偽を追究して、やっていないのなら、やっていないと言うことはできます。やっていないんですよね」

そう言われて、ぼくは返事に困ってしまった。朝の三時や、五時まで葵と話をすることは何度もあった。彼女が「もう眠い」と言ったことも覚えている。だが、DVだとかモラハラだとか言われるようなことをやったようには思えないのだ。

そう言うと、弁護士は渋い顔をした。

「向こうは記録に残していますし、早朝五時や、三時などのスマートフォンのスクリーンショットも残しているようです。あなたが話した記憶があるというのなら、覆すのは難しい。絶対にやっていないとおっしゃるのなら、争うことはできますが、もし、録音などが出てきたときに、調停委員や家庭裁判所の心証はずいぶん悪くなりますよ」

そう言われて、ぼくは争うことをやめてしまった。

言われた通りぼくは人気商売で、もし名前が出てしまうと、著書の売り上げにも影響する。週刊誌に載るほどのネームバリューはなくても、ウェブメディアなどの閲覧数稼ぎに利用される可能性だってある。

言われた通り、慰謝料を払い、財産分与をした。彼女は家はいらないと言ったし、なんとか家は残すことができた。

でも、それだけだ。なにより、葵を信頼していたのに、裏切られたことがつらかった。

いつの間にかうなされていたようだった。首筋に冷たいものが触れて、ぼくは飛び起きた。

南風さんが、タオルを手にぼくの顔をのぞき込んでいた。

今は何時かわからない。だが、空はかすかに白んでいた。

「帰らなかったのか？」

「ええ。先生のことが心配で……」

ぼくは頭を抱えた。優しい人だということはわかったが、あまりにも度を越している。

「すまない。迷惑をかけた。もう大丈夫だから帰ってくれ」

南風さんはひどく優しい顔で笑った。

「気にしないでください。わたし、可哀想な人の面倒を見ることが好きなんです」

ぼくは、小さく口を開けた。なにを言われたのか理解できなかった。

「可哀想だって……？」

「ええ、ずっと奥さんの名前を呼んでいました。献身的に支えてもらっていると思い込んでいたのに、捨てられて本当に可哀想」

怒りがこみ上げる。

「きみは……失礼な女だな」

「すみません。でも、先生もわたしと同じだと思っていました。自分より哀れで惨《みじ》めだと思う人しか、愛せない人。だから、先生の小説が好きなんです」

「バカな……わたしは葵のことを……心から尊敬して……彼女の、見返りを求めない一途な愛情を……」

「でも、尊敬している人の言葉を嘘だと決めつけたりはしないですよね。見返りを求めない献身ではなく、先生が、それに報いなかっただけではないんですか？」

ぼくは先ほど酔って、いろんなことをぺらぺら喋ったことを後悔した。

「きみは失礼な女だ。俺は可哀想なんかじゃない。年上の男で、それなりに売れている作家で、社会的にも評価されている。きみに可哀想だなんて言われる筋合いはない」

そう言った先から、ことばは力をなくして萎《しお》れていく。ぼく自身、ことばを扱う人間だからわかるのだ。

言いつのれば言いつのるほど、彼女にとってぼくは哀れで、惨めな存在になる。彼女がぼくを見る、慈愛に満ちた目で、それがわかる。

ぼくはやっとのことで、こう言った。

「帰ってくれ」

南風さんはもう連絡を寄越さなかったし、あの喫茶店にももう来ない。SNSで書き込みを見ることもなくなり、ふとある日、検索してみると、ブロックされていることがわかった。

もしかしたら、あの夜のことはただの夢だったのではないかと思うことさえある。からかわれたのかもしれない。

そして、ぼくは南風さんのことばかりを考える。

もしかすると、彼女を愛し、惨めで哀れな存在として、老いた犬のように愛される道もあったのではないだろうか。

そう思うこともあり、どう考えてもそれは耐えられないと思うこともある。

ただ、その秋、ぼくはホームセンターに行き、大根と白菜の種を買ってきた。

すっかり荒れ果てた家庭菜園を耕し、そこに種を蒔《ま》いた。

洗濯物を自分で洗い、ひさしぶりに外に干してみた。

物干し竿はいつの間にか汚れていて、洗ったばかりのシーツが真っ黒になってしまった。

初出

降霊会　『青春ミステリーアンソロジー　学園祭前夜』（二〇一〇年十月刊、メディアファクトリー）

金色の風　『シティ・マラソンズ』（二〇一〇年十月、文藝春秋）

迷宮の松露　「小説宝石」（二〇一二年八月号、光文社）

甘い生活　『アンソロジー　隠す』（アミの会（仮）、二〇一七年二月刊、文藝春秋）

未事故物件　『アンソロジー　迷　まよう』（アミの会（仮）、二〇一七年七月刊、新潮社）

ホテル・カイザリン　『アンソロジー　嘘と約束』（アミの会（仮）、二〇一九年四月刊、光文社）

孤独の谷　『11の秘密　ラストメッセージ』（アミの会（仮）、二〇二一年十二月刊、ポプラ社）

老いた犬のように　『Jミステリー2023　SPRING』（二〇二三年四月刊、光文社）

※この作品はフィクションであり、実在する人物・団体・事件などには一切関係がありません。

近藤史恵（こんどう・ふみえ）

1969年大阪府生まれ。'93年に『凍える島』で第4回鮎川哲也賞を受賞し、デビュー。2008年に『サクリファイス』で第10回大藪春彦賞を受賞、本屋大賞2位に選ばれる。'21年、『タルト・タタンの夢』にはじまる「ビストロ・パ・マル」シリーズが「シェフは名探偵」としてドラマ化。著書に「元警察犬シャルロット」シリーズ、『土蛍 猿若町捕物帳』『インフルエンス』『わたしの本の空白は』『歌舞伎座の怪紳士』『夜の向こうの蛹たち』『たまごの旅人』『おはようおかえり』『幽霊絵師火狂 筆のみが知る』『それでも旅に出るカフェ』などがある。

ホテル・カイザリン

2023年7月30日　初版1刷発行

著　者　近藤史恵《こんどうふみえ》

発行者　三宅貴久

発行所　株式会社 光文社

〒112-8011　東京都文京区音羽1-16-6

電話　編集部　03-5395-8254

書籍販売部　03-5395-8116

業務部　03-5395-8125

URL　光文社　https://www.kobunsha.com/

組　版　萩原印刷

印刷所　萩原印刷

製本所　ナショナル製本

落丁・乱丁本は業務部へご連絡くだされば、お取り替えいたします。

ISBN978-4-334-91542-1